國民新詩讀本

生活的證據

孫梓評／吳岱穎——編著

Contents

目次

二 告白

三　家・族

四 學校綠

五 詩的成因

主編序

生活的證據，時代的新聲

凌性傑

中文新詩發展迄今大約百年，文體變革帶來嶄新的思想風景。一九二〇年三月，第一本中文新詩集《嘗試集》由上海亞東圖書館初版。胡適在自序上說，民國五年他在美國留學時開始寫作新詩。這一番嘗試，果然為中文書寫打開新局——形式影響內容，或者也可以說形式就是內容的基本面貌。新詩形式在此確立，是新文學發展的重大成就之一。《嘗試集》之命名，出自陸游「嘗試成功自古無」，胡適反用其義而推陳出新，他的嘗試無疑是成功的。這部詩集做為二十世紀之先聲，正可印證胡適所主張的：文學革命運動，不論古今中外，大概都是從「文的形式」下手，要求文體的大解放。

文學教育就是情感教育，文體的改造或許可看作是現代心靈的美化工程。胡適以降，徐志摩、聞一多、李金髮、冰心、卞之琳、馮至……，各自創造出語言藝術的新天地，在文學史上留下不可取代的價值。殖民地台灣的賴和、楊華、張我軍等詩家，用白話文寫出心聲，同樣繳出傲人的成績單。沿著歷史脈絡讀下來，覃子豪、紀弦、周夢蝶、余光中、瘂弦、洛夫、鄭愁予、楊牧、陳黎、向陽、焦桐、陳克華、鴻鴻、顏艾琳、孫梓評、吳岱穎、林婉瑜、羅毓嘉……，每一個世代的書寫面貌各有傳承新變，在社會變遷中開闢文學天地，長期累積的成果大有可觀。

在教學現場，一直沿著文學史脈絡來理解新詩，箇中的選擇、判準自然有其道理。然而，我私心期待著一本引人入勝的新詩讀本，不以交代文學史為主要任務，而是把一套美好的語言座標勾勒出來。每一種文學選本，各自反映編選者的美學標準。選集中收錄的作品，除了彰顯個別作家的成果，更可看作編選者苦心孤詣營造的基本價值。台灣的新詩選本為數甚夥，有以年度編選的，有以主題編選的，也有以區域來編選的。它們各成體系，各自精采，使新詩的美學論證找到最適切的展示空間。這些多元且豐富的選集文本，讓讀者方便進入新詩的國度，從中領略選家的才情、見識，與品味。

說到詩的見識、品味，新世紀第一個十年過去，我終於等到了《生活的證據：國民新詩讀本》。吳岱穎、孫梓評兩位傑出的詩人，用最敏銳的眼光，精挑細選華文世界的新詩文本，構築出詩與生活的燦亮星圖，同時揭櫫新詩文體與國民性，不吝在這本選集裡分享他們的才情。

在分輯編排上，本書不以詩人紀傳排列，也不以文學社團、文學史編年為分類依據。此書最大的意義是，傾聽生活的聲音，直接面對我們生存的世界。現代心靈可能遭遇到的種種問題，都在這本新詩選裡顯豁出來，所以名曰「生活的證據」。這樣一來，或許更能符合教學需求，更能讓普通讀者藉此理解語言文字的藝術如何回應生活。兩位選家拋卻現實主義、浪漫主義、現代主義、後現代主義種種學術套語，真誠地以自己的感受與學識，懇切寫出他們如何理解一首詩。吳岱穎長久致力於新詩教學，孫梓評一直在編輯檯上披沙揀金，他們的合作正好可以辨識出我們這個時代特有的聲音。在《生活的證據：國民新詩讀本》中，勾勒出中文新詩的自我抒情、生活感受、社會關懷、文化認同、語言實驗……特別選錄陳綺貞、蛋堡的歌詞作品，透露著詩與音樂可以如此纏綿。尤其值得關注的是，尚未出版詩集的林育德、詹佳鑫等年輕詩人，已經在這本選集裡初綻異采。林育德為此書編寫台灣新詩簡史，篇末列有詹佳鑫撰寫的詩人小傳，也讓這本書更具教學的實用性。

語文的學習需要日積月累，需要下工夫練習才能精熟。不管在哪一個國家，本國語文一定列為國民教育的核心課程。因為，理解與表達的能力，關係到一個國家的人民如何認識自我、如何與他人對話溝通。語言文字不僅是人際溝通的工具，更是我們探索意義世界的關鍵。語文能力之優劣，直接影響到國力。民主社會若要有深刻的對話溝通，必須先讓國民的「聽、說、讀、寫」變得愈來愈優異。想要提升閱讀理解與書寫表達的能力，除了仰賴學校教育，我認為還要有一系列的國民讀本，提供更多自主學習的機會。這就是規畫「中文好行」書系的初衷。

在這個書系裡，有美麗的文字風景，也有迷人的意義路標。書系裡的每一本書，可以用作自主學習，也可以做為共同學習討論的讀本。這一套書編選的起點與定位，是提供正道大法，讓國、高中階段的青少年精進語文能力。背後則隱藏著一個更大的心願：希望促進親子共讀，邀請家長們一起參與青少年的學習。同時也希望，這一套簡要易懂的國民讀本，可以讓久別校園的社會人士重溫讀書之樂。讀書的快樂、理解的快樂，將會陪伴著自己面對生活中的煩悶無聊，找到一個美好的意義出口。

擁有學習動能的生命，不會枯竭無趣。透過不斷學習讓生活變得更有趣味，也是我們現代人的重要課題。《生活的證據：國民新詩讀本》是我看到最有趣、最具美感的一本新詩選集，吳岱穎、孫梓評針對選錄詩作所寫的評析筆記，細緻、優雅而完整，簡直是另一首奇麗瑰偉的詩。「不學詩，無以言」，詩是日常語言的美化。在這個時代，幸好有這樣美麗的聲音。我們需要詩，需要用詩的力量拒絕低俗、抵抗粗暴，看見幸福的光。

※凌性傑　詩人、建國中學教師。

編者序

洋蔥的價值

吳岱穎

一

我第一次認識洋蔥的價值，並不是在餐桌上咀嚼那炒得軟黃透明的肌理在蛋塊中滲出絲絲甜味的愉悅瞬間，而是在電影裡。

當然也不是在周星馳的電影裡看著好姨薛家燕躺在大叉燒上，一邊翻滾一邊嚷叫後流下一滴眼淚說自己「有一種哀傷的感覺」，那樣煽情誇張無厘頭的覺悟，而是《美國心玫瑰情》當中，一枚塑膠袋被風吹得盤旋迤邐，穿透生死美惡卻又寧靜無聲，意義鋪天蓋地無窮無盡席捲而來的神奇時刻。「是洋蔥，」我對自己說：「那就是洋蔥了。」

當然，這部電影當中沒有出現過一個關於洋蔥的鏡頭，洋蔥存在於影評裡。影評人說這部電影的結構就像洋蔥一樣，層層剝開了生存的暴力與荒謬。透過電影緩慢又緊湊的敘事，這一切展現為一個巨大的隱喻，而我用另一個比喻包裹它：緊密包裹自己，不輕易將內在示人的洋蔥（好洋蔥，不買嗎？）。

如果沒有深入追索的決心與毅力，事物的核心便隱淪於表象中；一旦啟程出發，開始尋找意義的旅行，這被掩蔽起來的真實便漸次呈露展現，天地萬物因此有了內在的聯繫。那是否，就是詩存在的狀態？

一種近似於洋蔥的狀態？

二

其實反觀自視，向內鑿掘，我們的內心也是一顆洋蔥。

當然也不是像情歌裡唱的那樣，一層一層剝開內心，就能發現什麼深處壓抑的祕密。它比較接近鈞特・葛拉斯說的：「回憶就像一顆要剝皮的洋蔥。洋蔥皮層層疊疊，剝掉又重生；如果用切的，洋蔥會讓你流眼淚，只有剝掉它，洋蔥才會吐真言。」

因為記憶層層疊疊交相滲透；因為我們所曾經歷的一切，都已成為現在這個「我」的一部分；因為它自我複製、自我解釋、自我保護，因此除之不盡，去而復來。它如此堅實，而我們堅持活在世俗意義的「當下」，無視於隱藏其中的各種矛盾與謬誤，是以時常處在無明痛苦之中。

無法認清自我的時刻，無法表述自己的時刻，胸懷裡漲滿洋蔥嗆人的淚水，就要溢出眼眶，而視線早已經模糊了世界。還能不回頭嗎？還能堅持這樣表象式的活著，再沒有任何自省的可能嗎？

面對這發自內在的疑惑，我感到一種迫切的需要，對詩的需要。

三

「一首詩是一顆洋蔥，」我對自己說：「就像是一種信仰，只有進入其中，才能明白淚水的意義。」

把信仰比作洋蔥並非我的發明，而是遠藤周作。《深河》裡的大津背叛了天主教修會，在恆河之岸默默實踐他所認知的基督之愛，照護所有貧病乃至於死亡的人們，以異教的儀式為他們送行。遠藤周作藉大津之口，給耶穌起了「洋蔥」這個名字，試圖讓女主角美津子理解他心中的宗教觀，申明真正的愛究竟為何物。

一個意象，穿透文字紛擾的表象，穿過千百年來從無休止的爭論與激辯，直指意義的核心。「是洋蔥，」我告訴自己：「這就是洋蔥的價值，詩的價值。」

面對這太過豐美的世界，我所擁有的只有極其有限的語言。滯澀齟齬的文字，令我常懷恐懼，心存憂傷。每當我提筆書寫，希望在概念與概念、語詞與語詞的碰撞之中，藉由那瞬間閃逝的微弱星火，照亮真實存在於這世間的「那個什麼」，總是感到如洋蔥內瓣一層一層的隔膜，阻我思路穿之不透。我所做的，不過就是嘗試「剝開洋蔥」這麼簡單的事情，但那實在太困難了。事實是，詩之艱難一如生之艱難，有時更甚於科學理性所能涵括解釋者。

但，如果生命是一種信仰，詩豈不也能成為一種信仰嗎？

每每在科學館的地下室，週五傍晚的詩社社課，我與學生們在言詞上交鋒，展開挖掘詩意的辯論。我們臚列語詞，旁搜遠紹，探求玄虛窈冥不可測見的線索，試圖釐清事物與表象之間可能的聯繫。但一個半小時的社課，即使眾聲交響砲火不斷，往往也處理不了一個語詞當中可能包含的詩意。因此也就更加明白，創作者所面對的是何等艱鉅的挑戰，而我們真正能做的，只有相信意義就存在這「剝洋蔥」的過程中。

四

道之所存，詩之所存，詩就是我唯一的信仰。

天地萬物，偶然亦是必然。正如海德格所認為，唯有詩可以溝通天地神人，出入表象與現實、世俗與本真。即使物自體不可知，無法抵達，詩也能帶我們永恆地趨向它。每一首詩都是詩人探求真理的紀錄，而每一個希冀探求真理的人，都應該是詩的讀者。唯有如此，我們才能在這條路上走得更遠一點，更長久一點。

我和梓評合作的《國民新詩讀本》就是這樣的一本作品，它是我們的實驗紀錄，記錄我們如何試圖重現原作者的創作過程與寫作目的；它同時也是我們的期中報告，報告我們這二十年來的創作生涯裡，從閱讀他人的作品中所獲致的一點心得。在這裡，我們從創作者還原成為閱讀者，誠實面對我們自己從閱讀詩作中得到的感動；但我們同時身兼引路人的角色，希望將這份感動傳達給更多的讀者。

為免嚼飯餵人之譏，每一首作品後的賞析均不甚長，僅僅點到為止。或指出方向，或標明路線，希望讀者如同拿起旅行指南，開始規畫自己的旅行一樣，整理行裝出發前往，印證書上的記載，更看到獨有自己能看見的風景。

如果讓我選擇，我仍然想用洋蔥來比喻這一切：不管我們說得如何天花亂墜，剝之又剝，切之又切，洋蔥最終還是要拿來吃的。

它價錢便宜，營養豐富，滋味甜美，悠遠，深長。

好洋蔥，不吃嗎？

編者序

給十七歲

和岱穎合編《生活的證據：國民新詩讀本》

孫梓評

突然空出來的一個下午，誤打誤撞，來到西子灣。多少年沒有來了？腦中還隱約印著一個畫面，一群朋友，前前後後，倚著英國領事館官邸的磚紅色半圓拱窗，留下青春照相。為了重回那個位置，只得走進如今被據為茶館的長廊，點一壺熱茶，打算在山坡上等日落。

那年夏天，是不是就是因為認識這群朋友，我才開始讀詩，寫詩？他們之中，有人為我解釋李金髮，有人一齊朗誦鄭愁予，有人在信裡抄寫蔣勳，十七歲是詩的年紀，當置身荒謬課堂，聊賴的老師和更形聊賴的同學們，共演一齣自絕於聯考制度之外的即興劇，書包裡和考卷作伴的那些被退稿的詩，是前途無效的車票，卻也有效地收容了彼時多芒刺的我。

無效的有效。跟書架上排列整齊的流行歌卡帶，影劇版剪下的奇士勞斯基劇照，戲院窗口偷來的《牯嶺街少年殺人事件》海報一樣，都無法幫助我在考卷上成功回答三角函數或立體幾何，亦不能更精進、熟用英文的不同時態或句型；然而，每每情緒飽脹欲裂，花苞一般的身體，卻不經意在各種新識的詩行（當然，也包括那些卡帶，劇照，海報）中，獲得了理解。理解即治療。詩是陌生人施給的重要對話，安撫充滿破綻的我。

一直以來，我不是能理直氣壯說出理想詩歌為何的人，是拙，也是情怯。我怕一旦說出什麼，就像用容器將詩瓢起，詩不是應該更自由，流動的嗎？有人把詩當成信仰，我約莫是不忠的信徒；有人將詩視為黃金事物，我卻更情願它是一把椅子。鴻鴻詩集《在旅行中回憶上一次旅行》後記裡說的，「發現自己經常寫到桌子椅子，我的床。很好。這些是我每天能安心正視的少數幾件事物。」

大概也因為這樣，很長一段時間，我相信「詩是一種生活方式」（瘂弦語）。生活的內容包括什麼？栽種於胸口的一句告白，知識的求索，家族所餵養的光亮與陰影，忽然湧出的詩的可能……然後，迎來了世紀末與新十年，人人踏上網路，後解嚴時代眾聲喧譁，更多「反，正因為愛」的議題被書寫，生活於此島，除非刻意掩耳，遮眼，很難不被（自己）問起有關「公理和正義的問題」，而明白何以鴻鴻說「詩是一種對抗生活的方式」——

從小山上眺望，西子灣與旗津共同伸出兩條長臂，抱擁住一片海，船隻進出，遠方遙似煙波。風一陣一陣。遊客也是。聲音在洋樓之畔流動，混合著各色口音，或者亦包括當年我們談笑的內容？工作人員或警衛低聲喊：「那裡不讓坐！」微斥拍照而攀上護欄的異地遊客。風懶了，人疏了。遠洋的船還沒有從樹葉們的縫隙間離開。像哪個負氣的畫家隨手一抹，天色漸漸糊去。今天不會有夕陽了。

在生活與對抗生活之間，我仍擺盪，惶惑。（或許這是不應該的？）

但詩，一旦來過，就是活過。

就像，海平線雖然沒收了夕陽，生活仍慷慨遞來收據：天黑了，一艘大船從霧藍色碼頭深處駛出，巨大船身的頂部甚至比旗後山上的燈塔還高。我靠近岸緣，為它留下一張照片：給十七歲，也給每一個路過詩的人。

一

有人問我公理和正義的問題

有人問我公理和正義的問題

楊牧

有人問我公理和正義的問題
寫在一封縝密工整的信上，從
外縣市一小鎮寄出，署了
真實姓名和身分證號碼
年齡（窗外在下雨，點滴芭蕉葉
和圍牆上的碎玻璃），籍貫，職業
（院子裏堆積許多枯樹枝
一隻黑鳥在撲翅）。他顯然歷經
苦思不得答案，關於這麼重要的
一個問題。他是善於思維的，

文字也簡潔有力，結構圓融
書法得體（烏雲向遠天飛）
晨昏練過玄祕塔大字，在小學時代
家住漁港後街擁擠的眷村裏
大半時間和母親在一起；他羞澀
敏感，學了一口台灣國語沒關係
常常登高瞭望海上的船隻
看白雲，就這樣把皮膚晒黑了
單薄的胸膛裏栽培着小小
孤獨的心，他這樣懇切寫道：
早熟脆弱如一顆二十世紀梨

有人問我公理和正義的問題
對着一壺苦茶，我設法去理解
如何以抽象的觀念分化他那許多鑿鑿的
證據，也許我應該先否定他的出發點

攻擊他的心態，批評他收集資料
的方法錯誤，以反證削弱其語氣
指他所陳一切這一切無非偏見
不值得有識之士的反駁。我聽到
窗外的雨聲愈來愈急
水勢從屋頂匆匆瀉下，灌滿房子周圍的
陽溝。唉到底甚麼是二十世紀梨呀——
他們在海島的高山地帶尋到
相當於華北平原的氣候了，肥沃豐隆的
處女地，乃迂迴引進一種鄉愁慰藉的
種子埋下，發芽，長高
開花結成這果，這名不見經傳的水果
可憐憫的形狀，色澤，和氣味
營養價值不明，除了
維他命C，甚至完全不象徵甚麼
除了一顆猶豫的屬於他自己的心

有人問我公理和正義的問題
這些不需要象徵——這些
是現實就應該當做現實處理
發信的是一個善於思維分析的人
讀了一年企管轉法律，畢業後
半年補充兵，考了兩次司法官……
雨停了
我對他的身世，他的憤怒
他的詰難和控訴都不能理解
雖然我曾設法，對着一壺苦茶
設法理解。我相信他不是為考試
而憤怒，因為這不在他的舉證裏
他談的是些高層次的問題，簡潔有力
段落分明，歸納為令人茫然的一系列
質疑。太陽從芭蕉樹後注入草地

在枯枝上閃着光，這些不會是
虛假的，在有限的溫暖裏
堅持一團龐大的寒氣

有人問我一個問題，關於
公理和正義。他是班上穿着
最整齊的孩子，雖然母親在城裏
幫傭洗衣——哦母親在他印象中
總是白皙的微笑著，縱使臉上
掛着淚；她雙手永遠是柔軟的
乾淨的，燈下為他慢慢修鉛筆
他說他不太記得了是一個溽熱的夜
好像髣髴父親在一場大吵後
（充滿鄉音的激情的言語，連他
單likely籍貫香火的兒子，都不完全懂）
似乎就這樣走了，可能大概也許上了山

在高亢的華北氣候裏開墾，栽培
一種新引進的水果，二十世紀梨
秋風的夜晚，母親教他唱日本童謠
桃太郎遠征魔鬼島，半醒半睡
看她剪刀針線把舊軍服拆開
修改成一條夾褲和一件小棉襖
信紙上沾了兩片水漬，想是他的淚
如牆腳巨大的雨霉，我向外望
天地也哭過，為一個重要的
超越季節和方向的問題，哭過
復以虛假的陽光掩飾窘態

有人問我一個問題，關於
公理和正義。簷下倒掛着一隻
詭異的蜘蛛，在虛假的陽光裏
翻轉反覆，結網。許久許久

我還看到冬天的蚊蚋圍着紗門下
一個塑膠水桶在飛，如烏雲
我許久未曾聽過那麼明朗詳盡的
陳述了，他在無情地解剖着自己：
籍貫教我走到任何地方都帶着一份
與生俱來的鄉愁，他說，像我的胎記
然而胎記襲自母親我必須承認
它和那個無關。他時常
站在海岸瞭望，據說烟波盡頭
還有一個更長的海岸，高山森林巨川
母親沒看過的地方才是我們的
故鄉。大學裏必修現代史，背熟一本
標準答案；選修語言社會學
高分過了勞工法，監獄學，法制史
重修體育和憲法。他善於舉例
作證，能推論，會歸納。我從來

沒有收過這樣一封充滿體驗和幻想
於冷肅尖銳的語氣中流露狂熱和絕望
徹底把狂熱和絕望完全平衡的信
禮貌地，問我公理和正義的問題

有人問我公理和正義的問題
寫在一封不容增刪的信裏
我看到淚水的印子擴大如乾涸的湖泊
濡沫死去的魚族在暗晦的角落
留下些許枯骨和白刺，我彷彿也
看到血在他成長的知識判斷裏
濺開，像砲火中從困頓的孤堡
放出的軍鴿，繫着疲乏頑抗者
最渺茫的希望，衝開窒息的硝烟
鼓翼升到燒焦的黃楊樹梢
敏捷地迴轉，對準增防的營盤刺飛

卻在高速中撞上一顆無意的流彈
粉碎於交擊的喧囂，讓毛骨和鮮血
充塞永遠不再的空間
讓我們從容遺忘。我體會
他沙啞的聲調，他曾經
嚎啕入荒原
狂呼暴風雨
計算着自己的步伐，不是先知
他不是先知，是失去嚮導的使徒——
他單薄的胸膛鼓脹如風爐
一顆心在高溫裏熔化
透明，流動，虛無

一九八四年，楊牧自美返台，於台大擔任客座教授。同年十月發生震驚中外的「江南案」，在社會上引起軒然大波。就在這年冬天的一個清晨，楊牧援筆寫下一個冗長的句子：「有人問我公理和正義的問題」……

楊牧在詩集《有人》的後記裡寫道，他很少以這種直面社會的方式創作，因為詩必須要經過藝術的轉化，才能創造恆久的價值。但所幸：「現在重讀這首詩，發現它並不至於流露太多憤慨和怨怒，有些感情已經讓言語掩去，似乎留下來的總還是詩的純淨，主觀地為一個平凡的年輕人勾畫時代的形象。」

楊牧透過一系列意象的鋪陳，刻畫出一個青年對於時代、血脈、土地、家國的諸般疑惑，並涵攝於「公理與正義」的永恆疑問之中。他迂迴曲折，藉現象旁敲側擊，避開了直接的控訴，卻化成撼動人心的藝術感染力。「有人問我公理與正義的問題」，遂成為今日風起雲湧的社會運動中，最常被引用的名句。

回顧台灣的民主化歷程，我們背負了許多威權時代遺留下來的包袱與傷痛，而前途艱險，道阻且躋，有太多激情蒙蔽我們原本清明的眼光。或許我們需要的，是更多像楊牧這樣的詩，帶我們跨時代、跨族群、跨黨派，跨出褊狹的自我，跨入藝術的觀照。

楊牧　本名王靖獻，一九四〇年生，台灣花蓮人。東海大學外文系畢業、美國愛荷華大學藝術碩士、柏克萊加州大學比較文學博士。曾任教於華盛頓大學等多所名校，作品獲吳三連文藝獎、國家文藝獎、二〇一一台灣年度詩獎、紐曼華語文學獎等。出版詩集《水之湄》、《花季》、《燈船》、《傳說》、《瓶中稿》、《北斗行》、《禁忌的遊戲》、《海岸七疊》、《有人》、《完整的寓言》、《時光命題》、《涉事》、《介殼蟲》、《長短歌行》等，另有散文、評論、翻譯與主編文學選集多種。

只能為你寫一首詩

吳晟

這裡是河川與海洋
相親相愛的交會處
招潮蟹、彈塗魚、大杓鷸、長腳雞
盡情展演的溼地大舞台
白鷺鷥討食的家園
白海豚近海洄游的生命廊道

世代農漁民，在此地
揮灑汗水，享受涼風
迎接潮汐呀！來來去去

泥灘地上形成歷史
稍縱即逝的迷人波紋

這裡的空曠，足夠我們眺望
足夠我們，放開心眼
感受到人生的渺小
以及渺小的樂趣

這裡，是否島嶼後代的子孫
還有機會來到？

名為「國光」的石化工廠
正在逼近，憂傷西海岸
僅存的最後一塊泥灘溼地
名為「建設」的旗幟
正逆著海口的風，大肆揮舞

眼看開發的欲望，預計要
封鎖海岸線，回饋給我們封閉的視野
驅趕美景，回饋給我們煙囪、油汙、煙塵瀰漫的天空
眼看少數人的利益
預計要，一路攔截水源
回饋給我們乾旱
眼看沉默的大眾啊，預計要
放任彈塗魚、招潮蟹、長腳雞
放任白鷺鷥與白海豚
甚至放任農漁民死滅
只為了繁榮的口號

這筆帳
環境影響評估
該如何報告

而我只能為你寫一首詩

多麼希望，我的詩句
可以鑄造成子彈
射穿貪得無饜的腦袋
或者冶煉成刀劍
刺入私慾不斷膨脹的胸膛
但我不能。我只能忍抑又忍抑
寫一首哀傷而無用的詩
吞下無比焦慮與悲憤

我的詩句不是子彈或刀劍
不能威嚇誰
也不懂得向誰下跪
只有聲聲句句飽含淚水

一遍又一遍朗誦
一遍又一遍，向天地呼喚

筆記／吳岱穎

一個人要如何改變世界？一首詩可以具備什麼樣的力量？二〇〇五年，國光石化公司提出大型石化投資開發案，原本預計設置在雲林縣離島工業區，但因為環評未通過，於二〇〇八年移往彰化縣大城鄉。但此一開發案由於對環境造成的影響太大，不僅是高汙染產業，更會破壞溼地、影響當地農漁業，甚至搶奪當地農業用水，引起各方團體強烈反對。身為彰化農家子弟的吳晟不忍坐視環境與農業遭此浩劫，憤而起身號召藝文界一同抗爭。這首〈只能為你寫一首詩〉便是在這樣的背景下寫成的。

吳晟的詩作向來樸實清新，充滿對於土地人情的關懷。本詩前三段分別由自然生態、農耕漁獲與人情感懷，書寫人與溼地相處共存的三個面向，喚起物我感通的美好印象。接著筆鋒一轉，以害怕溼地可能不存的惶惑，引出造成此一恐慌的主要原因——建設的背後總是糾葛著利益，且必然帶來破壞。身為詩人，只能為此寫一首「哀傷而無用的詩」，因為面對政治與龐大的金錢利益，文學實在是太過渺小而無能。但，真的是如此嗎？

二〇一一年四月，在總統馬英九的定調下，國光石化在彰化的開發案宣告中止。或許文學真的無用，但當它喚醒人心中的正義，那就是人間永恆的價值了。

吳晟　本名吳勝雄，台灣彰化人，一九四四年生，屏東農業專科學校畢業，任彰化溪州國中生物科教師以迄退休，同時務農躬耕，服務桑梓，並從事詩及散文的創作。曾應邀參加美國愛荷華大學（Iowa）國際作家工作坊；著有詩集《飄搖裏》、《吾鄉印象》、《向孩子說》、《吳晟詩選》，散文集《農婦》、《店仔頭》、《無悔》、《不如相忘》、《一首詩一個故事》、《筆記濁水溪》等。

我現在沒有地址了

鴻鴻

我現在沒有地址了
我要去街角戰鬥
那從未被雪覆蓋的街道
現在給履帶的壓痕佔領了
我只有一枝曾經想給你，而已枯萎的花兒
背在背後
我要去街角戰鬥

我現在沒有地址了
每一個白晝都是夜晚

每一個夜晚都是遠方
我會在超商的倉庫、劇院的樂池、報紙的
分類廣告裡
書寫戰帖和情報，袖口沾滿
熟睡的口水和螞蟻

我要在推土機前倒立
我要在屠宰場外唱歌
我要到海關奪取護照和各種錢幣
發給那些不認識杜甫、沒聽過韋瓦第
生命裡只有地震和秋天的人
我要給遍體鱗傷的小孩一隻流浪狗
我會打扮成花樣少女去安慰那些失智老人
我會穿披風站上屋頂帶來空幻的希望

寫信給我就寄到任何一間麥當勞

我將會去行搶
寄到任何一間銀行
我會去用它點燃引信
也許我會藏身舊情人的
樓梯間，聽著叉匙叮噹
也許我會穿過玻璃，請冷漠有禮的年輕人
幫我修理眼鏡
但我沒有地址了
寫上你自己的吧
也許我正在你眼中讀著這句詩行

※一九四四年，法國作家安德烈．馬侯（André Malraux）離開避居德國佔領軍的城堡，前往加入地下反抗運動。朋友接到他的信，上面只提到：我現在沒有地址了……。

● ——— ○ 筆記／孫梓評

地址是安／暫居的隱喻，一個可收發信、禁得起拜訪的「地址」，某種程度上，暗示了肉身在人間停泊的座標。擴大來說，位於地址上的「房子」，更是歇眠、避風不可或缺的屏障。為樂生療養院被迫拆遷而寫的這首〈我現在沒有地址了〉，正如作者所言，「杜甫〈茅屋為秋風所破歌〉的慨歎何嘗改觀過？」

儘管議題相近，詩歌裡第一人稱形象卻大不相同。在〈我現在沒有地址了〉一詩，鴻鴻塑造了一個類近少年遊俠的形象，他眼前「那從未被雪覆蓋的街道」顯然便是亞熱帶台灣吧，此刻「給履帶的壓痕佔領了」，履帶也許來自怪手，更甚者可能是形而上的坦克。藏在背後那曾是承諾的花朵已枯萎，只好上街戰鬥。

為誰而戰？為了「那些不認識杜甫、沒聽過韋瓦第／生命裡只有地震和秋天的人」，遊俠兒在推土機前倒立，在屠宰場外唱歌。那不正是這段日子以來我們所看見的嗎？在國光石化、大埔事件、核四、洪仲丘、服貿等社會議題裡，不曾缺席的青年們，不都是這些遊俠的化身？他們也許曾經側身超商的倉庫，劇院的樂池，在戰鬥的途中懷想過舊情人的樓梯間，但當鼻梁上的眼鏡被誰漠然擊落，我們的耳朵，當不會漏聽那瀕危的呼救：「但我沒有地址了／寫上你自己的吧／也許我正在你眼中讀著這句詩行。」

鴻鴻　本名閻鴻亞，一九六四年生，台灣台南人。國立藝術學院戲劇系畢業，主修導演。曾獲時報文學獎及聯合報文學獎新詩首獎、南瀛文學獎傑出獎、吳三連文藝獎。出版詩集《黑暗中的音樂》、《在旅行中回憶上一次旅行》、《與我無關的東西》、《土製炸彈》、《女孩馬力與壁拔少年》、《仁愛路犁田》等，另有散文、小說、劇本、評論、電影、紀錄片多種。歷任台北詩歌節、新北市電影節、圖博文化節策展人。現為黑眼睛文化和黑眼睛跨劇團總監、《衛生紙+》主編。

這是犬儒主義的春天

楊澤

這是犬儒主義的春天，我們
把自己藏在一疊乾枯的冷笑裡
攜帶著與愛人走過虛假的花叢

（在利物浦，有人用白色的領帶上吊自殺；可是這干我什麼事？）

這是犬儒主義的春天，我們
半夜醒來，忍不住像個小孩一樣嚶嚶哭泣……
我幾次逗留在X將軍的宴會上
謹慎恭敬地揣度著自己的年齡與身分，很快的——

認識了城裡的每一個人

（這是可能的，在中國：我認識的一個詩人，把他剩下的人格賣給一個小吏的職位
……）

這是犬儒主義的春天——且不乏
牛頭馬面，狗嘴象牙的趣味
我忙著在每本書中塗去令人臉紅的格言
忙著用繃帶貼住每面鏡子受傷的眼，轉身
卻聽到一種疑似犬儒的聲音說：
「兩點之間並不祇有直線
為了理想，孩子，我們忍耐、退讓
退讓，迂迴前進……」

（在剛果河邊，一輛雪橇停在那裡——不為什麼地停在那……）

筆記／吳岱穎

自西元前四世紀以來，犬儒主義從一開始的摒棄世俗以追求美德，轉變成為一種憤世嫉俗的代稱，無非是由於這兩千四百年來的人類歷史，其實並沒有什麼太大的長進。即使是在民主化的現代，政治仍舊持續不斷地教人失望。一代又一代的理想主義者在現實的磨難之中敗下陣來，退回到自我孤獨的起點，心中充滿懷疑與不信任，成為這首詩的核心意識——諷刺、控訴，以及更令人悲傷的，一種無可奈何的絕望。

原本應該是孕育萬物離離繁盛的春天，竟然成為犬儒主義的溫床，作者一開始就給了我們一個荒謬無已的情境。在第一段中，我們與愛人走過花叢，看似浪漫的情景，但花乃虛假之花，而我們所帶著的卻是「一疊冷笑」，我們甚至用它隱藏自己。除了鈔票，還有什麼能夠提供這種乾枯的喜悅？還有什麼能解釋括弧中的自殺？然而隨之而來的，卻是「干我什麼事」的麻木與冷漠，原因究竟是什麼？

到了第二段，我們戴上虛假的面具與權力周旋，並為此哭泣。括弧中說有詩人出賣人格，因此也就不難理解了。牛頭馬面所與皆鬼，狗嘴象牙文非其人，書中格言全不可信，而對鏡自照只能刺痛雙目。這時我們的心聲居然告訴自己，放棄理想是為了成就理想，這究竟是神話，還是鬼話？

全詩結束在一個可疑的意象上：在無雪的非洲赤道，居然停著一輛雪橇——蠻荒、原始、無從前進分毫的矛盾。如果這不是犬儒主義真實的處境，我們該如何解釋這一切？

楊澤　一九五四年生於台灣嘉義。台灣大學外文系所、美國普林斯頓大學博士。一度任教布朗大學。曾任《中外文學》執編，主編《中國時報》人間副刊多年，已退休。現任基金會志工。著有詩集《薔薇學派的誕生》、《彷彿在君父的城邦》、《人生不值得活的》三種，主編多種，包括《又見觀音：台北山水詩選》、《魯迅小說集》、《魯迅散文選》三種，《七〇年代懺情錄》《七〇年代：理想繼續燃燒》、《狂飆八〇——記錄一個集體發聲的年代》專書三種。

大馬士革

羅毓嘉

只是和愛人緊緊擁抱了
來不及想之後的那些
比如說婚姻，孩子，幾隻綿羊
不想再暴虐地哭泣
揮別饑饉像小說完美的結局
即將和老朋友們重逢了
生活，若只是生存
怎麼可能

只是想好好活著

種一棵樹
在晚餐與晚餐間
尋找未曾見過的動物
甚麼是生日
又甚麼是老死
想要瓶中信得到適切的回答
而非令油管與煙塵
隔離我們，彼此憂懼
為了國家
殺害更多的人
怎麼可能

只是想被好好地聆聽
畢生背誦一些偉大的句子
比如說
一棟老房子發出嘎吱的聲響

在那前面躺著看雲
在天空與天空之間沈睡
只是想平安長大
並被人所愛，若我稱
哈雷路亞
該怎麼可能

只是想善用生活
等待樹開出焰火與花的時間
能否快過死亡像全程的馬拉松
若總有天要變得陌生
好好愛一個人
又怎麼可能

羅毓嘉的抒情散文與詩，都有著一種魅惑的聲腔，和他寫起邏輯清晰明朗的評論文字很不相同。這首名為〈大馬士革〉的詩，同樣展現其詩作魅力。「大馬士革」是敘利亞首都，世界上最古老的城市之一。如今政府和叛軍對立，彈痕與線人遍布，《聖經．舊約》曾預言大馬士革會在末日前傾覆，預言未必會實現，敘利亞人民顛沛流離的現況卻未稍減。

依此前提來讀，應該很能明白詩行所指。比方第一節寫，「只是和愛人緊緊擁抱了／來不及想之後的那些」，在戰火面前，一個擁抱已屬奢侈，遑論其他。若能「揮別饑饉像小說完美的結局」，該有多好，但「生活，若只是生存／怎麼可能」？詩人遞上的哀憫，當是考慮更多的。

流亡途上，「只是想好好活著」，既顧不得一聲生日快樂，也無法好好送親愛的人離開，覆巢之下，「為了國家／殺害更多的人」，真的值得嗎？

第三節，則將視角轉至孩童身上。孩子們平凡的願望：「在天空與天空之間沉睡／只是想平安長大」，但是否宗教的歧異已造成過多撕裂傷，「若我稱／哈雷路亞／該怎麼可能」，不著痕跡做了批判。

藉由四節「只是」和「怎麼可能」的結構，羅毓嘉反覆彈奏絕望。命運傾軋，果然，想要「好好愛一個人／又怎麼可能」。

羅毓嘉　一九八五年生，台灣宜蘭人。曾參與建國中學紅樓詩社，政治大學新聞系、台灣大學新聞研究所畢業。現服務於證券金融資訊產業。曾獲多項文學獎，著有詩集《青春期》、《嬰兒宇宙》、《偽博物誌》，散文集《樂園輿圖》、《棄子圍城》。作品散見於中時人間副刊、聯合報副刊、自由副刊、創世紀詩刊等，並入選年度散文選、年度台灣詩選、《七年級新詩金典》、《港澳台八十後詩人選集》等。

身為動詞

——給所有為了說話而沉默的人

廖宏霖

我們穿越「穿越」這個詞
從後排站起來

我們解散「解散」這個詞
把可以被盤查的一切全部交出去

我們攜帶「攜帶」這個詞
這是唯一可以被留下的證物

我們給出「給出」這個詞

如同編寫一封永遠失效的遺囑

我們不是要磨平言語的鋸齒
而是要讓它吻合某種理想的角度
為了轉動而不是肢解發聲的器官
為了鬆開而不是拴緊想像的瓶子

身為動詞
我們從來不是被困住
而是被「困住」困住

身為動詞
表達就是一種理解

※後記：友人山曾經在研究室的牆壁上，用簽字筆寫下一句卡夫卡說過的話：「我們的喉嚨是自由的。」那一年，對岸的陳雲林來台，黨國威權的魅影幢幢，零星的國家暴

力凸顯了集會遊行在這片號稱自由的土地上仍舊是某種「特許」，於是警察沒收民眾的國旗，封鎖線拉得越來越長，國家對於所有可能「發聲／生」的人民與事件小心翼翼，也是那一年，烈日下，許多人坐在行政院前，選擇，不說話。

●——○筆記／孫梓評

閱讀〈身為動詞〉，首先想起辛波絲卡的〈三個最奇怪的詞〉。

當我說出「未來」這個詞，
第一音方出即成過去。

當我說出「寂靜」這個詞，
我打破了它。

當我說出「無」這個詞，

我在無中生有。

廖宏霖同樣從字詞自身展開聯想，而以後設眼光拆解「穿越」、「解散」、「攜帶」、「給出」這四個詞，原因無他：「身為動詞」，彷彿便有了義務要讓動詞本身動起來。那麼，為什麼不當一個名詞，或者形容詞，卻偏偏要「身為動詞」？藉由前四節所經營的場景，我們不難揣度那也許是一次「行動」，更準確地說，應當是為了某議題而發起的「社會運動」。

於是，靜坐抗議已經不夠，還需要「從後排站起來」，穿越向前。解散「解散」，為的是使集結不崩裂，即使得「把可以被盤查的一切全部交出去」也在所不惜。至於「攜帶」這個詞，何以「是唯一可以被留下的證物」？因為真正能用來作證的，或乃無法被沒收、攜帶於腦中的信念吧？因此，就算給出了「給出」，那也只不過是一紙「失效的遺囑」。

就像每一個勇於成為動作的動詞，是多麼悍，「被『困住』困住」只是形而上囚籠，肉身因表達與理解的意願而自由，心底的動詞們正試圖轉動喉嚨。

廖宏霖　東華大學中國語文學系（現華文文學系）畢業，曾獲聯合報文學獎新詩組評審獎、香港青年文學獎散文高級組亞軍。一直以來除了是一位自由的寫作者與閱讀者之外，另一個身分是華語教師，曾任教於菲律賓馬尼拉天主教崇德學校、越南胡志明市孫德勝大學。

二

告白

星沙

陳育虹

馴服我吧，海
礁石說
一如那疲於獵與被獵的狐
靦腆地說馴服我吧
外星來的王子
馴服我，一天靠近我一吋
一天一吋直到我們
相屬

（你最好

每天
同一時間來，那樣
時間愈接近我就愈覺得
幸福
狐狸說）

海以七種藍色回答
以七音步抑揚格
多變化的韻尾，有節奏地
靠近，一天一吋

一天一吋靠近
我看見狐的眼瞳奔放出星光
腰身流線般隨風舒展
不再孤聳
如礁石

它髮茨的星芒任憑我腳尖
觸撫
靦腆的沙啊
你是不是那匹寧願
被馴服的
狐

●——○ 筆記／吳岱穎

文學之中有所謂「因事起興」，亦有所謂「賦物流形」，但陳育虹這首詩並非以上二者，而是藉由敏銳的感受力，結合典故與想像，給存在的事物以故事與感情，靜止的萬物因此有了動人的意義，這也就是詩情所在。

請試著想像詩人漫步於海濱，踏足於星沙之上，那極細微的觸感引起她的關注，開始探索這一粒沙的來源。它曾是堅硬銳利的礁石迎風撲浪，如今竟崩解碎裂成這一粒，唯一僅有的一粒。會不會，是它在海潮中自願忘記、放棄曾有的一切堅持，只為了生命最重要的羈絆？這豈不正是《小王子》當中那隻狐狸的心情嗎？

詩人於是找到了建構一首詩的起點，但徒此不足以成篇。她綰合典故，運用複沓如民謠的手法，模擬海潮往復強弱的聲響，創造詩歌內在的音樂性。無論是反覆出現的「一天一吋」，或是「馴服」、「狐」、「幸福」與「觸撫」，不僅是潮浪在沙灘上拍擊來去之聲，更是情感漸次遞進的標記。

憑藉一粒星沙展演甘心與情願，展現放棄徵逐的守愛之心，詩人之絕藝盡露無遺，我們又怎麼能不感動呢？

陳育虹　祖籍廣東南海，生於台灣高雄，文藻外語學院英文系畢業。旅居加拿大溫哥華十數年後，現定居台北。出版詩集《關於詩》、《其實，海》、《河流進你深層靜脈》、《索隱》、《魅》等；散文集《2010／陳育虹》。以《索隱》一書獲《台灣詩選》二〇〇四年度詩人獎；譯有英國桂冠女詩人Carol Ann Duffy作品《癡迷》。〈星沙〉選自《魅》（寶瓶文化，二〇〇七年）。

冬季

李宗榮

整個冬季我們無所事事
伏案寫詩，占星、飲酒、做愛。
唉，雨季困我們這麼深
霉味比濕氣還重
我們為什麼不相擁而死去呢？

閱讀令我像困陷沼澤的犀牛
我只想學習如何愛，在愛妳時明瞭愛的真義
我們是被彼此查閱的字典及原文書

雨絲下的太密
雲塊下嵌著疏鬆的水柱
報紙折船在雲塊上航行
水桶傳遞詩集、水、食物

我們是冬日裡困頓的島。
或者妳是漂浮的海水
而我則是一度被誤認為鯨的
被網罩住的潛水艇

●————○　筆記／吳岱穎

或許生命最大的困頓，不是自我無法實現，而是「愛而有隔」。情人們總希望兩心相體無間，但即使最貼近彼此的時刻，身體誠實面對身體，心與心卻依然像來自於兩個不同的文明，再怎麼努力溝通，也只能理解那龐大訊息當中的一小部分。李宗榮的這首〈冬季〉所呈現的，正是這種無能相知的無力感。

詩句一開始就給了我們一種逸脫於日常，卻又受困於日常的特殊時間感。在陰雨綿深，別無他事可為的冬季，情人所能做的只有各種看似浪漫，卻因反覆操演而停滯無聊的，屬於世俗認知的種種情愛儀式。這種困頓之感磨蝕了生之意志，而生之場域（沼澤）竟困陷了生命（犀牛）本身。問題起源於「閱讀／理解」之不能──因為渴望溝通，但溝通的條件「愛」，卻不是我所能掌握，只好各自翻譯。

然而經過翻譯的語言，還會是原來的語言嗎？這樣的「翻譯／理解」真能是有效的溝通嗎？作者沒有給我們答案。在一段簡單的鋪陳之後，作者又回到「困頓」的主題上，只是這次所使用的意象變成了無法離開原地的孤島，或者更精確些，是一艘曾經被誤認為可以在大洋中自在優游之鯨魚，事實上卻籠困於網中動彈不得，甚至連浮出海面都不能的潛水艇。

佛家云：「由愛故生憂，由愛故生怖。」或許愛情所真正帶來的不是憂怖，而是困頓。而這些，我們還得自己經歷，自己驗證。

李宗榮　東吳大學社會學系畢業、東海大學社會學研究所碩士、芝加哥大學社會學研究所博士。曾任職國會助理，與報紙雜誌等媒體。曾獲國家文藝基金會創作補助與出版補助，第十四屆時報文學獎新詩首獎。譯有聶魯達《二十首情詩與絕望之歌》，出版個人詩文集《情詩與哀歌》。現任職中研院社會所。

你不在那兒

孫梓評

2/150

最大的野心：
成為你戴在腕上的
時間

10/150

海平面上方
因為生存所製造的陰影
被更高的什麼注視著

遠處，卻有節慶的歡歌

35/150

我複製你
你又複製我
你以為我曾經創造了什麼
但一切都來自真正的造物者：
我所複製的。

93/150

你手中的骰子
繞過了星體
擲向我以外的宇宙

150/150

側過頭去
望向陽光所安排的
蒼白且長的影子
仍然明瞭：

無論如何
你不在那兒

●————○ 筆記／吳岱穎

寫作短詩，需要精細的技術與敏銳的覺知。這兩點梓評都有，甚至更動人的，梓評完成了「深刻」，而這正是文學最可貴的地方。

這裡選的五首詩自成一個體系，環繞著兩個人的情愛關係運轉。但它們共同指向一個令人悲傷的解釋，也就是「你不在那兒」。詩人在這種狀態中觀望世界，進而反思生命，遂掩映折射出既敞亮又幽黯的心靈氛圍：

第一首：戴手錶，是為了提醒自己行為作息，它象徵著秩序與制約。這是「我」的野心，同時也表示「你」的生命原來並不以我為中心。

第二首：我意識到自己的陰鬱，它受到更高的存在者所關注，那原是詩人抽離的自我。在超越的審視中，「我」發現歡樂離我遙遠，而此處所留下的，僅僅只有悲傷。

第三首：複製，可以指生活習慣的模擬，可以指情感的相互投射。創造，可以指愛、幸福、安穩。但那些，都已是「曾經」。

第四首：骰子，是機率與命運的象徵，也是一種對未來的賭注。它本應在「我」的世界中找到未來的種種可能，但「你」卻不願再這麼做了。

第五首：本應明朗的陽光照下，竟只能將我的影子照得「蒼白且長」，則「我」的狀態可想而知，那是無盡深濃的憂傷。這一切只有一個顯而易見的原因——你不在那兒，已經完全離開我的生命了。

孫梓評　一九七六年出生於高雄。東華大學創作與英語文學研究所畢業。現任職《自由時報》副刊。著有散文集《除以一》；長短篇小說《男身》、《女館》；詩集《你不在那兒》、《善遞饅頭》等多種。

都知道了

鯨向海

有過一個愛人
感動時牽手
幸福時擁抱
災難來臨時，更熱烈地親吻
然後……
你們都知道了。

常常想起
他允許我可以愛他那時候
上山的路仍然下著冬雨

我們為彼此撐傘
以為從此
不會再濕透了
但是……
你們都知道了。

我們是經過了那麼多的試探
終於停止萬古長夜的折磨
卻也是同一雙救援的手
發出了同樣的聲音
驅逐我如焚化一具
全然陌生的屍體
飛蛾是多麼痛恨那些火啊
可惜……
你們都知道了。

愚人節的夜晚
不能再回到當時的初戀
這麼多年來
說服著自己
那不過是一種惡作劇罷了
此後，每當有人用各種邪惡手段
驚嚇我的時候
我都不會再恐懼了
因為……

你們想必已經知道了。

● ———— ○ 筆記／孫梓評

一切都是從「有過一個愛人」開始的。愛情盛綻之際，兩人牽手擁抱，縱使大難臨頭，親吻仍比逃命重要。誰知道，這樣荼蘼的一朵，還是敵不過□□。鯨向海在這裡賣了一個關子，整首詩的逸趣，也因此流瀉出來。

一旦動用了「然後」，時間怎捨得不殘酷？可回憶的機制已經啟動了，還要繼續想起冬雨山路的那時，曾替彼此撐傘，以為此後一生晴朗，隨即出現了「但是」……

情緒彷彿層層疊高的歌，詩人卻拿他的手往心的更深處探掘：是啊，遇見了他，才終於停止鎮日寂寞蟬鳴般的折磨。那一雙曾將我自苦淵中撈起的手，當情已逝，竟「驅逐我如焚化一具／全然陌生的屍體」，飛蛾雖身不由己撲火，但「飛蛾是多麼痛恨那些火啊」。

如果痛似烈焰紋身的一切，只是一則愚人節被轉寄的笑話，那就好了。偏偏，那難以抹拭的初戀，經過許多年，仍無法安慰自己只是誰的惡作劇。傷口的意志強悍，甚至「每當有人用各種邪惡手段／驚嚇我的時候／我都不會再恐懼了」，這樣細微曲折到使人不忍細究的告白，我們真的「都知道了」嗎？

短短四節詩，生活化的語句，詩人製造了懸疑，讓閱讀者透過讀詩代入經驗與想像，全詩最珍貴處，或許就是那四個恰到好處的刪節號。

鯨向海　一九七六年生，長庚大學醫學系畢業，目前於精神科服務。出版詩集《通緝犯》、《精神病院》、《大雄》、《犄角》，散文集《沿海岸線徵友》、《銀河系焊接工人》，並與楊佳嫻合編《青春無敵早點詩：中學生新詩選》。詩作入選《中華現代文學大系（貳）詩卷》、《台灣文學30年菁英選1：新詩30家》，並於二〇一二年獲台灣年度詩獎。

午後書店告白

林婉瑜

穿粉紅色圓點襯衫的那男人頻頻望我
我怎麼可能愛他呢怎麼可能
我不喜歡以為自己是草莓的人

我們從〈生活餘暇〉走到〈戲劇舞台劇〉
從〈時尚〉走到〈中國古典〉
櫸木地板上的格線一向被忽略
沿著格子前進
你在47
我在18

被擁擠切分的人生
我們各據兩岸
還要這樣眺望多久呢

翻閱我
我已閒置得太久
我答應不做艱澀拗口的辭海之類
漫畫或筆記書好了
塗鴉比較多的話
讀者也輕鬆
左邊的少女禮儀須知右邊的育嬰寶鑑
都時常被抽走
翻閱我
即使我是熱帶魚飼育手冊河豚食譜
我是你人生不可缺的營養
即使微量

你舉起杓子敲打：牛肉
牛肉在哪裡牛肉
呼叫牛肉
天空下雨我被雨水滴傷了
你願意和我一起寂寞嗎
我是說，剩下的半輩子
拿你的寂寞
陪伴我的

終其一生我不過是在期待一個瞭解
為此我提供各種途徑竟然還寫詩
如果你願意
就從〔戲劇舞台劇〕那一櫃過來吧
我的寂寞驅使我同意
你就迫降在這裡

●——○筆記／孫梓評

戲劇系出身的林婉瑜在這首 bittersweet 的少作裡，搬演了一齣輕快的青春短劇。首先，她給出角色，「穿粉紅色圓點襯衫的那男人」和「不喜歡以為自己是草莓的人」的「我」一起登場；接著，展示了舞台：「我們從〔生活餘暇〕走到〔戲劇舞台劇〕／從〔時尚〕走到〔中國古典〕」，書店裡兩人的狐步，使台下觀看的我們，忍不住猜想：在書櫃所切畫出的隱形座標間移動的他與她，「還要這樣眺望多久呢」？

於是，當她忍不住在腦中大聲說：「翻閱我／我已閒置得太久」。這一「告白」，既像少女赤裸的求愛，又像代替那數千上萬罕被聞問的書們，對書店內遊逛而不購書之人的無奈譴責——做為一本書，和做為一個人，都有被渴求的需要。然而正像某些書常被忽略，某些人又總是太過熱門，竟迫使她必須承諾：「我答應不做艱澀拗口的辭海」，自我的修剪，是示愛之人所不能免。但難道「熱帶魚飼育手冊」就沒有被愛的權利？

全詩在此出現一個精采轉折，那男人竟舉起杓子敲打，大呼：牛肉在哪裡？政治場合慣見的術語，置於此，巧妙暗喻愛情不乏需要政見和籌碼的時刻。於是少女亮出底牌：「終其一生我不過是在期待一個瞭解／為此我提供各種途徑竟然還寫詩」。如果你（不只那書店裡對峙的男子，還包括正在閱讀這首詩的我們吧）願意掏出體內的寂寞交換陪伴，是不是也該

稍微挪動腳步，往詩人走去？

林婉瑜　一九七七年生，台北藝術大學戲劇系畢業。二〇〇七年出版《剛剛發生的事》，陳義芝推薦：「豐饒的情性、黠慧的詩心、帶著釉光的詩風，確實顯示她超越同輩的才華，公認為新新世代最具代表性的詩人。」二〇一一年出版城市詩集《可能的花蜜》；二〇一四年出版情詩集《那些閃電指向你》。詩作〈誕生〉選入國小五年級國語課本（一〇四年翰林版）。其詩語氣淡然而力道十足，平易坦然地訴說，卻帶來十足震撼與感動。

我們的島

陳雋弘

我們的島
沒有座標
每每會在談話中失去位置
復在午後的小憩裡
被悄悄挪移
到世界背面

雨後有彩虹
有鬱鬱的森林
那些散步過的小徑

都留有我們
獸的足跡

火那樣炙烈
反覆考驗
一顆野生的心
如何被刺穿
如何在疼痛中
變為成熟

你是這樣一個女人
部署日夜
給島以陽光
給規律的世界
以無理卻美麗的星辰

卻不給我以文字
你是洞穴裡古老的壁畫
那樣神祕
而讓人流淚

● ──────── ○ 筆記／孫梓評

陳雋弘的詩少有費解的字，句型清爽，雖口語，但節制，整體讀來毫不瑣碎囉嗦，反像一陣有香氣的紫霧，置身其中，感覺沉溺，彷彿下一秒就會被他溫柔地消解。〈我們的島〉也有類近氣氛。最簡便的讀法，大概是以情詩理解。那麼，所謂「我們的島」，即近似感情裡的「承諾」。

這座由兩人共同砌成的「島」，不是那麼勇壯，有時會「在談話中失去位置」，有時又被誰隨手「悄悄挪移／到世界背面」，只因為那時戀人是還未被馴服的獸，森林裡曾留下的「獸的足跡」就是不小心的證據；而「一顆野生的心」也有待「在疼痛中／變為成熟」。所幸女神般的「你」，不忘以陽光，星辰照拂島嶼／承諾，惟獨寫在地上的心意是無字天書，詩人甚至把「你」喻為「洞穴裡古老的壁畫」——會不會根本是柏拉圖的理型論？

又覺得，愛情之外，本詩亦可視為新鄉土書寫，一首題贈給此島的戀歌，不也合適？「我們的島」，確實很容易在國際的對話中失去位置，且被有心人「悄悄挪移／到世界背面」呀。我們的島，美而豐沛的峻山與海，是命運女神慷慨的賜予，但島的命運，又將如何「在疼痛中／變為成熟」？

陳雋弘　一九七九年生，台灣屏東縣人。嘉義師範學院、高雄師範大學國文研究所畢業。曾任教於潮州高中，現為高雄女中國文教師。曾獲時報文學獎、教育部文藝創作獎、台灣文學獎、優秀青年詩人獎、詩路年度網路詩人獎、吳濁流文學獎等；詩作入選國內多種詩選。著有詩集《面對》、《等待沒收》。

鐵匠

鄭聿

本是可以鎔鑄的
火的意志
敲打鐵的意志

我們多少含有金屬的成分吧
不可燃燒的
卻足以導熱的
停電夜晚
我反射當你微微發光
你走向我同時我走向你

使兩端的距離彎曲

也有彎曲至斷裂時刻
不可延展的
我與你的意志
我只記得一再敲打鐵的
鐵的肉體不可脆弱
鐵的不可生鏽

屬於時間的問題
重生重滅在火裡
屬於我的
我執著敲打
敲打使之變形
使我不可抑止

哭也會使我生鏽

筆記／孫梓評

鄭聿在詩集《玩具刀》裡繪出多幅聲東擊西的百工圖，〈鐵匠〉即其一。借鐵匠意象，實寫人間關係某些疼痛的錘鍊。「本是可以鎔鑄的／火的意志／敲打鐵的意志」，火是時間，神的注視，關於那些重生重滅的事。

「多少含有金屬的成分」的我們——多少有些不願妥協、屈服的我們，在一個停電的夜晚相遇，鑄鐵便已開始，究竟是什麼「使兩端的距離彎曲」？能多彎曲？我們願意為道途相逢的另一人，犧牲到什麼程度？果然，「也有彎曲至斷裂時刻」，「我只記得一再敲打鐵的」，那是終須承受的命運。別無選擇。

「鐵」的隱喻，將人物化，點出人的肉身與靈魂，同樣又弱又強。但鐵匠難道全由神扮演？不，有時我們也在一段關係裡，擔綱鐵匠，「屬於我的／我執著敲打／敲打使之變形」，這誠實的懺情，像吉田修一小說〈最後的兒子〉，「我」對閻魔所為。身為鐵，一方面默默忍受敲打，一方面，成為凶器，敲打他人。最終，多稜的情感戳出肉身破綻，鄭聿的絕技，莫過於堅強承認軟弱：「哭也會使我生鏽」。這樣真摯地現出原形，如何能不動容？

鄭聿 亦名玩具刀，一九八〇年生，台灣高雄鳥松人。國立東華大學創作與英語文學研究所畢業。曾獲台北文學獎、吳濁流文學獎、高雄青年文學獎等。出版詩集《玩具刀》。

靜坐

郭哲佑

許多蚊蚋飛過來了
我想說：現在溫度適宜
手裡有多餘的果實

且已經過了
許多下雨的夜晚
儲存了許多美麗的體溫
不是所有的夢都需要睡眠
有的人一生
只等待一次閃電

像我這樣的人
靜坐在此
灰雲上的天色漸漸明朗
第一道陽光的絲線有人傾聽
貼近他的身體，有樹在外
倚靠新的風向
綻放微小，記憶的殘缺

●———————○ 筆記／吳岱穎

現代詩中有一種特別的類型，我稱之為「具有透明感」的詩句。它具有停駐在事物表象上，又能夠穿透此一表象的特質。不是浪漫多情，不必關注宏大，甚至不需要繁複的意象與想像，只要描摹事實，不管是實際的物象，或是抽象的情感，都能達到事物的深處，見證澄明的詩心。郭哲佑的這首〈靜坐〉，正是這樣的作品。

在第一段中，面對繞飛的蚊蚋，詩人探索其原因，或是因為體溫，或是因為不存在的果實誘引。但體溫從何而來？誘引又因何而生？詩人在次段中給我們初步的解釋：體溫是經過許多雨夜儲存而來。但體溫怎麼能夠儲存呢？如果可以儲存，那它又是如何被使用的？莫非是因為孤單入眠，無人分享，這體溫才能儲存下來？

詩人緊接著說出了本詩最美麗的句子：「不是所有的夢都需要睡眠／有的人一生／只等待一次閃電」。那想必是愛，一種祈願，一種渴盼。但此刻在我身外的只有繞飛的蚊蚋，而天色逐漸明朗——我經歷的是一整夜的失眠，而這如何不令人痛苦？而後全詩收束在一種細緻的缺憾感中，我們也終於明白了「靜坐」的原因，無非就是因為「愛」的缺席，而我的靜坐，也就因此成為一種儀式了。

本詩的聲音自然優美，值得讀者細細品味。

郭哲佑　一九八七年生，台北人，目前就讀台大中文研究所。風球詩社、建中紅樓詩社社員，曾獲台大文學獎、基隆海洋文學獎、教育部文藝創作獎等。著有詩集《間奏》。

檸檬

印卡

這個夏日給你
明澄的陽光
如摘下的檸檬
午寐旋動的星系，熟睡邊緣感覺
天井的聲息
複誦人生輕濕的沙灘
從眼末一齊
捲著一場
錯過的電影，在一盞閃亮的光下
模糊水下的世界

穿越無數游泳池
跟著許多人游過
慢動作，緩緩
換氣，爬上岸擦腳

離別一個你不曾愛過的地方——
彷彿曾經暗戀過的人
走過浴室的地板
磁磚閃過無數想他的意念

●——○ 筆記／孫梓評

印卡難以歸類。從他形象特殊的詩集《Rorschach Inkblot》及集子裡許多神祕有趣的詩題如〈事物背後那散熱的壓縮機〉、〈成為窗扉敞開時的主唱〉、〈夜裡遊魂的科學〉，或可嗅聞到一絲他的詩的體味。

這首〈檸檬〉是相對意象簡潔、集中，結構分明，且富抒情傾向的印卡詩作。

彷彿電影運鏡，一開始只看見夏日陽光「如摘下的檸檬」，曬進「午寐旋動的星系」，陽光的色澤、香氣都俱足了，這一覺卻只接近「熟睡邊緣感覺」，為什麼呢？是什麼壓在心上，澱在潛意識的腐土層，而使午晝的星空旋動？

在類近快速動眼期所孵化的每一個夢，就像是「穿越無數游泳池／跟著許多人游過／慢動作，緩緩／換氣，爬上岸擦腳」，夢事淋漓，情感潮溼，往不說破的某處傾斜，而忽然自眠夢中起身，就像是「離別一個你不曾愛過的地方——」破折號後有妙喻：「彷彿曾經暗戀過的人／走過浴室的地板／磁磚閃過無數想他的意念」。那豈非每個夢中醒轉之人，都曾有的畫像？努力回憶卻無能挽留的夢中世界，就像一個又一個游泳池，無礙穿越後，同暗戀過的人一樣留不住。那一刻，躺臥床榻傾聽「天井的聲息」的「你」，又怎能不感覺心頭微酸，如舌尖歇著一顆檸檬？

印卡　一九八一年生於彰化和美，畢業於清華大學化學系，現就讀中研院國際學生學程化學生物學暨生物物理博士班。作品散見《自由時報》、《字花》、《衛生紙》、《創世紀》等；詩作收錄於《港澳台八十後詩人選集》，出版詩集《Rorschach Inkblot》。

甜蜜並且層層逼近

若驪

我經常從你頸背
翻閱舊日的時光
黯藍色的書本
沉思的河
與腐爛

也曾在你的胸前凹骨
拾回你遺失的字句

你不愛詩的

但你是大地之詩
你是冬季左前窗口緩慢飛降的落葉
你是風　是樹
也是海
你是甜蜜
並且層層逼近

海龜在億百年外的海爬行
月光持續照射著一個男孩的胸口
我揹著新寫好的詩
向你靠近

●————○　筆記／吳岱穎

柏拉圖說：「每個戀愛中的人都是詩人。」受到愛的觸動與感發，人的思緒變得敏銳，能夠在天地間飛馳，出入記憶與想像，自然地棲止在事物的枝梢，梳理靈光的毛羽。靈感的小鳥將萬物都變成意象，興奮、愉悅、痛苦、甜蜜，全化為浪漫的詞句，此刻說出的話語，無一不具有甜美的詩情。

詩人在首段中閱讀情人的身體，從頸背之間，他讀到記憶中的河流。其中不乏持續壞朽著的什麼，或許是時間的本體，或許是情慾的沉淪。而後是胸前凹骨，那個心的居所，靈思的殿堂，詩人在此找到不會寫詩也不愛詩的情人無法表述的詩句。在詩人眼中，情人的存在就是詩，是一連串的意象之組合。從冬季的大地，窗前飄墜的樹葉，風與樹與海浪之間，詩人看見了情人「甜蜜並且層層逼近」的本質，而這些全都存在於詩人的心眼之中。

在第三段中，詩人展現了由眼前「冬日大地」的實景開始，一路鋪陳到想像的「情愛之海」的技藝。透過「你是……」的句型類疊，令人跟隨那曲折又理所當然的情思，感覺到如潮浪洶湧的愛。末段透顯出場景，更有無限旖旎風光，引人低迴想像。情人寫詩，詩寫情人，當即如此。

若驩　一九七七年生，本名陳昱成，國立成功大學中文系、國立台北藝術大學戲劇研究所畢業，目前任職於國立台灣文學館，曾獲林榮三文學獎、教育部文藝創作獎、府城文學獎、南瀛文學獎等，著有詩集《甜蜜並且層層逼近》、《英國王子來投胎》、劇本集《我們去看飛碟》。

寫給複製人的十二首情歌

12 於是便在孤獨裡完整

陳克華

於是我們便都在孤獨裡完整。
我們早該料到的　孤獨
所有的答案都指向的，孤獨——只是
還不想這麼早承認，還想
多殘缺一會兒
誤解這人生多一會兒——
當細胞斜倚在另一顆細胞的善意
的無數個溫暖時刻
你的振動重疊著我的
——此時，於圓滿的幻覺裡孤獨感油然而生

那些遍地不擇地便大量湧出的
無謂的出生和剎時的死滅
我只想隨手拾起一葉
殘骸，完整的孤獨
一如死亡無須複製——
你的，我的
彼此互為彼此的迴聲
在相互聽見之後
耳朵
便自然永遠忘記了
如何傾聽。

●——————○ 筆記／孫梓評

陳克華自承多年前看《銀翼殺手》，電影裡頭，複製人比人更具人性。於是多年後煙火般引爆、誘他寫下這樣精采的十二首情歌，收錄於詩集《漬》，以細膩的敘事，一一點名複製人的「肉身」：唇，肚臍，瞳孔……無限愛膩地以眼神撫摸新造的身體，每一次對「你」（即複製人）的說話，都像是對著真實的戀人／自身囈語，遂使那情感繁複如多重螺旋，纏縛，而又時不時綻出同志情欲的光亮。

或許可以這麼說：愛一個人，其實也是創造他的過程？眼中所住的那人，其實並不完全等於現實中的他，而經過了注視者專擅的修改：「請更新我　唯一我——你的目光」（寫給複製人的十二首情歌：9 你只能使用你的身體一次）。

再怎樣美好的愛，既被創造出來，擲於某一時空，便免不了各種改變。電影《雲端情人》裡，那個只以聲音存在的她，不也逐漸擁有了自己的意志？複製人的製造者，因其製造能力，也常誤以為握有掌控他人之能。權力關係在愛情中無可迴避。當複製人與「我」的互動，陷入「汝愛我心、我憐汝色，以是因緣，經百千劫」的循環，當複製人可以任意複製新一段感情，「暗夜裡獨醒的我」（寫給複製人的十二首情歌：10 如何召喚下個世紀的高潮）終於明白，沒有誰是誰的救贖，「我們便都在孤獨裡完整」。

不需要另一個誰來填補殘缺，肉身如同天地中飄落的一葉，真正的愛（或陪伴），是懂得傾聽，「互為彼此的迴聲」。

陳克華　一九六一年生，台灣花蓮人。台北醫學院畢業，美國哈佛醫學院博士後研究員，現為眼科醫師。高中時期開始寫詩。曾獲多項文學獎。出版詩集《騎鯨少年》、《我撿到一顆頭顱》、《星球記事》、《與孤獨的無盡遊戲》、《我在生命轉彎的地方》、《欠砍頭詩》、《美麗深邃的亞細亞》、《BODY身體詩》、《當我們的愛還沒有名字》、《漬》等，亦有散文、小說、影評、劇本共三十餘冊，撰寫國語流行歌曲上百首。近年從事視覺創作與攝影，多次舉辦個展。

躺在你的衣櫃

陳綺貞

你的毛衣跟著我回家了
我把它擺在我的房間
它曾經陪你走過幾條街
它曾經陪你喝了好幾杯
冰的咖啡
陪你遠走高飛　拍照留念
也曾經靜靜的　躺在你的衣櫃

你的毛衣跟著我回家了
我把它擺在我的房間

它就要覆蓋了我的冬天
它就要刺痛了我最敏銳
愛的幻覺
陪你遠走高飛　拍照留念
天熱了靜靜的　躺在你的衣櫃

我的冬天　就要來了
我的冬天　就要來了

你的身體跟著我回家了
我把它擺在我的床邊
它曾經被你暫時借給誰
它現在靜靜的　躺在我的衣櫃
天熱了靜靜的　躺在我的衣櫃

澳洲學者馬嘉蘭（Fran Martin）為紀大偉《戀物癖》一書作序，提及：「透過戀物癖的運作，凡庸事物也可以從『不當』的欲望獲得力量。」一件突然生動起來的毛衣，大概也被偷偷滲透進成分複雜的凝視吧：衣服是脫去了肉體的人形，比戀人更親密地貼擁，見證行動，日常作息，還曾經靜靜的「躺在你的衣櫃」，那神祕而罕被拜訪的洞穴，家中之家。

在第二節，毛衣所停靠的主體，由「你」轉為「我」，是「我」想要越權，如毛衣般，「陪你遠走高飛　拍照留念／天熱了靜靜的　躺在你的衣櫃」。意即，這份感情或有季節性，可輪替，有時會被藏而不用。但有什麼關係呢，冬天總會來的，哪怕毛衣穿戴在裸身時，微微的刺感，很像「愛的幻覺」。

彷彿有約定，但是不承諾，也許只是一個夜晚的長度，「你的身體跟著我回家了」，無論那個身體「曾經被你暫時借給誰」，但此刻都歸「我」所有（還可以率性地把它擺在床邊）。身體走了，毛衣還在，這場愛的幻覺還可以持續，「靜靜的　躺在我的衣櫃」，天熱了也沒關係，反正再一眨眼，再一次幻覺的眨眼，「我的冬天　就要來了」。

我喜歡這首美麗極了的情詩／歌，不特別彰顯性別，而使各種角色都能對號入座，就像紀大偉小說將日常生活加以「酷兒化」——既談及酷兒，順帶一提，馬嘉蘭的序，還引用了賽菊寇（Eve Kosofsky Sedgwick）的說法：「『酷兒化』這種動作將人們習以為常的事物加以彎折，以便製造麻煩。」這說的，又怎麼好像是詩呢？

陳綺貞　一九七五年生，台北士林人，詞曲創作歌手。景美女中、國立政治大學哲學系畢業。大學時常於校園、天橋、地下道、咖啡廳、Live House、書店、墾丁海邊等地演唱，現為獨立音樂人，多次舉辦大型巡迴演唱會。一九九八年發行《讓我想一想》，其後陸續發行《還是會寂寞》、《Gropies吉他手》、《華麗的冒險》、《太陽》，均獲選為年度十大專輯唱片，二〇一四年發行《時間的歌》。〈躺在你的衣櫃〉出自專輯《Gropies吉他手》。

三

家・族

弟弟

騷夏

我夢見一個面貌酷似我們的嬰孩，
死了，浮在冰冷的小床上死去了。
弟弟，你快過來，我這裡好暗，暗到我好像
瞎了，弟弟是你嗎？是你不想預見，我們如此相像，
相像到愛上同一個女孩，女孩到最後
懷了你的孩子？我們的孩子？你的爸爸瘋了，你的
媽媽也是，
你只剩下我了，弟弟你快點來，救我
也救我們的嬰孩。

不得不說，在既有的倫常想像之外，騷夏藉著這麼短的一首詩，便開拓出全新的情感系統。像一則極短篇，但其黑暗透光，語意朦朧的繭般情境，又唯有詩能夠。首先，將第一人稱視同作者的話，說話者應當是一名姊姊。整首詩如夢境與潛意識的重奏，一名嬰孩死去所勾帶出的：原來是姊弟倆愛的都是女孩。甚至，同一個女孩。因此「一個面貌酷似我們的嬰孩」暗喻的，也許是某一種手足之情，血緣。因為愛的爭奪，對抗，而使姊弟間的情感死去。

因為是夢，因為是詩，因為真實的人生也常有超乎想像的欲望樣貌，女孩到最後究竟是「懷了你的孩子？我們的孩子？」已無法分辨，這孩子，更像是「愛」的借喻。鄭聿的詩：「愛是一個孤兒」。

當事件爆發，爸爸媽媽（或者那些類似的角色）無法接受，詩末又一次出現「我們的嬰孩」，乍讀雖予人亂倫嫌疑，但追溯全詩線索，或許更應擴大解讀為「廣義的下一代」。畢竟，愛的無出路，第一人稱之不生育（或不能生育），都危及了「下一代」的出生。

這些「過度詮釋」或能提供閱讀這首奇特的、不知該歸類為書寫親情還是愛情的詩作，一條小徑。我卻也擔心這些解釋，相當程度破壞了這首詩所包覆的那層拒絕外界，既孤獨又親密的膜。

騷夏　本名黃千芳，一九七八年生，台灣高雄人。淡江大學中國文學系、國立東華大學創作與英語文學研究所畢業。曾獲全國大專學生文學獎、台北捷運公車詩文獎、淡江五虎崗文學獎等；出版詩集《騷夏》、《瀕危動物》。現任職於文化產業。

人造人

——給我的父親

湖南蟲

你在大馬路上，移動或者
靜止。陽光或雨都沒有避開你
生而為人，你不否認
所有必然之損壞
都是因為正被愛著，被時間
撫摸著。從記憶開始，屬於生命中
應該浪費的美好事物
已經逐漸在消失。而你還沒有
被告知，你也和你的記憶一樣
脆弱，隨時能被時間接收

像祂使一陣風
無端靜止；使你的身體
終於無法呼應這世界
不斷向我們索取的勞動
身為疾病的土壤，它愈茁壯
你愈是，充滿了文明
得以介入的空間
那些被我們稱之為醫生的人
代表命運向我們建議：「你的骨盆
需要一些金屬來咬合
好不好？」你說好。面對生命
丟到眼前的問題
我們的答案如此有限，並盡量
傾向於樂觀或無感
如同你在手術檯上的面無表情
而我在外頭等待你的聲音

喚我的名字，親暱
當我是你的兒子而非陌生人
當我眨眼感知到一個完整的身體
就是我的全部；你在恢復室裡
努力想將麻醉藥劑消化
成一個夢，醒來後產生了
第一個念頭——這是多麼接近
奇蹟的事，像黑暗裡頭終於
孵出一道光；沉默之中
想起第一句想說的話
還沒想到從今以後
將開始以人造人的半機械形式
嘗試一般的生活。你又回到
馬路上，曬著太陽淋著雨
想起體內有著幾種關於
鏽的條件：夕陽色的斑點

四處散落，毫無預警就像寓言故事
急轉直下，又回到醫院
你進廠維修太過老舊的身體
卻無法為靈魂上油並上緊螺絲
上緊發條重新來過
那些已然啟動的悲歡離合
攪拌在一起就成為老
成為溪河中堆滿的沉重石頭
當你的上下游被截斷
重新引流，以一條鼻胃管
接受灌溉；一只尿袋
替代你想念的大海，容納你
忍痛給出的微笑燦爛；忍痛在喉間
一刀氣切，安裝塑料呼吸器
壓住可以說話，放開
你的胸膛起伏，而我靜靜看著你

日復一日，還渴望回到街上，渴望
回家，直到一顆心臟停止
一絲氣息成功穿越氣管的罅隙
自口中吐出，像你最後的告白：「請為我
拆卸零件；為我記住
我做過的好事，遺忘
那些使你們痛苦的。」然後你
沉入海底，沉入黑暗中
我的夢裡，我有雨亦有陽光的
潛意識，重新將你塑形
嵌合我記得的模樣，重新再
造出一個，看似不曾離去的你

●———○筆記／孫梓評

每一個孩子，都可視為父母親的「人造人」吧。當孩子漸漸成長，免不了面對長輩老病，只能寄託病院裡的醫生，維修壞掉的機械一般，為父母在肉體內安裝新的零件：讓骨盆得以繼續運作。這時，父母親成為了醫生的「人造人」。直到命運帶領至親邁向死亡彼岸，做為第一人稱的「我」，藉著書寫，記住那些好的，忘記那些壞的，拆卸多餘零件，還原父母還未被陽光雨水拜訪、損壞的樣貌，這是又一次「人造人」——也是這樣以書寫進行懷孕，呵護，體貼，當父母親於詩行間重新誕生，才更靠近他們的心。

做為一首篇幅相對較長的詩作，湖南蟲細膩布置結構，層層推進，填充細節，將長輩罹病、治療的過程耐心地再現，原以為病能治癒，卻已太遲，一條躺在病床上的河，「以一條鼻胃管／接受灌溉；一只尿袋／替代你想念的大海」，而終於是漸漸乾涸了。

書寫親情的詩作，不易拿捏情感分寸，湖南蟲聰穎地藉由具有科幻感的「人造人」（Android）做為主要意象，使原本傷感的悼亡主題有了新的詮解，並得以注入適量而不過度的感情。

湖南蟲　本名李振豪，一九八一年生，台灣台北人。樹德科技大學企管系畢業。新詩曾獲林榮三文學獎、時報文學獎等。作品入選《九十七年度散文選》、《臺灣軍旅文選》等。出版散文集《昨天是世界末日》，經營個人新聞台「頹廢的下午」。

無聲的催眠

詹佳鑫

母親的耳朵越來越小，漸漸聾了
早晨，她煮一鍋白白的粥
喃喃自語，找不到合適的調味料
掩蓋昨晚過鹹的惡夢

然後至信箱收取報紙，看著晨間新聞
告訴我今日頭條、天氣與商家優惠
儘管我沒有要出門

十一點，母親從市場買回一株仙人掌，她說

抗輻射。而我始終被多刺的生活所螫
母親不知，只問我有沒有吃好、睡好

母親早睡早醒，而我晏起晏眠
她提醒我做夢小心，有時糾正我的夢囈
直到我們掉入各自的時差

總是這樣，在我日常必要的發言裡
彷彿母親只聽見自己的回應，窸窸窣窣
像一台生塵的音樂盒，但我已不再調音

終究我還是走到能自己唱歌的年紀
早晨，依然明亮而安靜
母親坐在餐桌對面，聽我說話
像一場無聲的催眠

●——○ 筆記／吳岱穎

心理學家曾經指出，小孩子在畫自己的父母人像時總是千篇一律，那是因為太過熟悉生活中的父母，而無法掌握其外貌特徵，這個問題同樣也發生在中學生的作文裡。中學生在書寫自己的父母時，也會因為太過熟悉，無法掌握其言行相貌的特徵，而無法寫出令人信服的細節。從細節出發，乃是書寫人物的祕訣。

而本詩之所以能夠成功描摹母親，正是掌握了書寫細節這個祕訣。全詩分成六段，透過「失聽／無回應」的對應關係，書寫母子親情的角力。首段先形象化地以「耳朵變小」來書寫母親的「重聽」，但此一「重聽」的真相為何猶未可知。其後母親以各式各樣的喃喃自語表達關心，然而她並不知道「我」生活中面臨的困難。這樣的關心，也就是首句所說的「漸漸聾了」，原來，其實是溝通的失能。即使是在詩的最後，母子二人交換了發聲的位置，卻也僅能達到「無聲的催眠」，令人慨歎成長的無奈。

本詩是二〇一一年新北市文學獎首獎作品。焦桐評論說：「語法表現出最自然、輕鬆，（敘寫）親情卻不沉重。」舉重若輕，遊刃有餘，得獎可謂實至名歸。

詹佳鑫　一九九二年生，台北人，建國中學畢業，高二加入紅樓詩社，為寫詩之始。現就讀台灣大學中國文學系三年級。曾獲台北文學獎、台積電青年學生文學獎、全國學生文學獎、新北市文學獎、宗教文學獎、懷恩文學獎等。〈早晨遇見一顆蘋果〉英譯於《中華民國筆會季刊》。

娘

何俊穆

擅長火，擅長等待，擅長按掉
全部的電源開關，擅長彎腰
擅長藥，擅長在線路彼端
沉默地回應我回應的
沉默。

總是，坐一把涼椅
細看香炷焚化整座夜晚
壁虎棲身時鐘的後背
像自行運作的電鈴，每日

舉辦返鄉演習
使路燈取代歸人，大規模
漏進紗門，那模糊的方格剪影
風濕般爬過耳際，一陣
汗毛的冰涼立如針尖，痛覺中
永恆傳來刺問：
你，是否能夠聽見自己的心跳聲？
或許
鼾息就這麼被縫入黑暗
指紋褪成黃紙
也有一點可能
麻花辮仍扎得穩穩
昨天才剛剪去書包鬚鬚
初潮迫不及待，橘帽
旋轉飛碟，我
是被夢擄走的嬰孩

不擅長睡眠，不擅長新
不擅長骯髒，不擅長飛高高
飛得太高，不擅長搖滾
不擅長漠然走過寺廟，不擅長
五月的第二個禮拜天

就讓剩餘的白晝
給床孤獨躺臥，空氣
彷彿乳臭，也許淡淡的痱子粉
還在降落，一點一點熨平
床單表面，從青春深海
反芻而來的浪花。記得
鍋鏟還沒洗呢！
小份的青菜、兩杯米
肉絲十幾，豆腐乳

已經過期。

娘，我和你
就像螺旋階梯的捉迷藏
看不見彼此奔跑
卻又擅長彼此徬徨
誰都止不住飢餓
誰都在遠處一無所有地
挨著對方。

●————○ 筆記／吳岱穎

書寫母親的方式有很多，但最令人傷感的總是追憶。當母親的形象從虛無之中浮現，引起我們萬千感懷，真正令人痛心的事實是，它最終也必將歸於虛無。何俊穆的這首〈娘〉，巧妙掩藏起母親已經不在了的真相，僅在字裡行間隱隱透顯那濃重的哀傷，讀之令人唏噓不已。

母親的形象首先以各式各樣的「擅長」展現。這些「擅長」以輕薄取代沉重，勾勒一個母親的日常生活：準備餐食、等待、睡前巡視家中電源、病痛、與孩子在電話中沉默角力……但母親對這些事情是真有「天分」嗎？抑或是被生活磨練出的不得不然？又或者，那其中隱藏著某種「愛」？

在夜晚等待孩子歸來的母親，只等到路燈的光線滲漏進紗門。這樣的想像令人心痛，因為縫入黑暗的鼾息豈非意味著長眠？帶著指紋的黃紙豈非就要焚化？夢境還停留在昨日的童年，夢中之我還是那個不睡覺要人哄的嬰孩，但醒來之後，連路過寺廟都讓我無法承受，更何況是充滿意義的母親節？

全詩收束在兩不相見的徬徨之中，靈魂的飢餓終究是一無所有。或許我們對於母愛真正的需要，僅僅是互相依靠，但時間無情迫人別離，只留下那最深刻的啟示：要及時，要珍惜。

何俊穆　一九八一年生，台灣台東人，中山大學中文系、東華大學創作與英語文學研究所畢業。曾獲教育部文藝創作獎、時報文學獎，著有詩集《幻肢》。現從事寫作、劇場與電影工作。

甕裡的母親

游書珣

偶爾勇於想念你
但大部分的時候讓你
靜靜地隱匿
偶爾勇於去看你
但更常讓自己
小心翼翼地哭泣
看看你在洞穴裡
蜷曲的樣子
比繩子可愛
比蛇良善

如果你活
會長成另一個我嗎？
若你死去
絕對是另一個我自己；
代替我死去的你
是否在洞穴裡朗讀了
足夠的詩句？
用闃黑裡的迴音鑽木取火
那顫顫的隱約的光
我一定就能找到你
你學會了壁畫與哲學
甚至熟習解夢和巫術
並擅於猜謎與接龍
你說
是我教導你的
我在洞穴外唱歌

烹煮蝙蝠與飛鼠
煙囪冒出紫色的雲
混合著假期的香氣
你全都記得了
終於可以帶我去玩
等了太久

你說
洞穴變得更乾燥了
我們用咒語對話
影子在迷宮中細碎地跑
我將自己裝進甕裡
靜靜地隱匿
你明白我是多麼哀傷
你把甕沉沉抱起——
現在
你比我更像母親了

●——○筆記／吳岱穎

存在主義心理學家說，常人的世界是一種「完整」的狀態。我們對生活的不確定與不穩定視而不見，總想著明天太陽依舊升起，一切終必如常。非要等到惡事降臨，我們才會意識到這個「世界」的脆弱，但那總令人難以承受，無法放下，卻又不敢面對。結果是，愈逃避愈傷，愈忽略愈痛，終於成為揮之不去的心病。

在所有的傷痛之中，親人的逝去是最巨大的，本詩呈現的即是女兒在母親過世之後的心理狀態。一開始，詩人以「偶爾／經常」對比，呈現了女兒對於傷痛的逃避心理。然而她並沒有放棄思索，母親火化後寄居在小小一甕之中，究竟是怎樣的狀態？母親和女兒之間除了相連的血脈之外，是否更有一種「遺傳／複製」的對應關係？倘若換位思考，當母親自女兒處得到詩心，是否母女之間就更能溝通？

詩的最後，母親與女兒終於完全交換了位置——女兒想念母親的心寄藏在悲傷的甕中，而母親真正懂得了女兒的哀傷。溝通在此刻完成，因此母親終於也就「更像母親了」。

藉由「換位——想像——解釋」的過程，詩人安定了自己，傷痛也得到了治療。詩，真是一帖治癒心靈的良方。

游書珣　台灣藝術大學應用媒體藝術碩士，現為自由藝術工作者，從事新詩、插畫與實驗影像創作。曾獲林榮三文學獎新詩首獎、聯合報文學獎新詩首獎、台北詩歌節影像詩獎首獎。個人部落格：http://sooyou.blogspot.tw。

未完

陳義芝

之一

江畔何人初見月
漂流的江南人帶走漂泊的江北人
江月何年初照人
不安的海島人迎接不歸的海峽人
人生代代無窮已
無名的天下人呼喊未名的天涯人
江月年年只相似
相思的中國人等待相忘的台灣人

之二

不知江月待何人
漂泊的江北人變身漂流的江南人
但見長江送流水
不歸的海峽人變身不安的海島人
白雲一片去悠悠
未名的天涯人變身無名的天下人
青楓浦上不勝愁
相思的中國人變身相忘的台灣人

●——————○ **筆記／吳岱穎**

溫柔、多情、浪漫、在現代重現古典的抒情傳統，這幾乎已經是陳義芝的正字標記。但在本詩中，陳義芝突破他自己建立的典範，以後現代的拼貼手法，將唐代詩人張若虛〈春江花月夜〉的詩句化作一連串的疑問，八問八答，在極其整齊的句式中，鋪展出兩岸政治歷史最大的傷痛，不可不謂是一場高難度的演出。

第一組問答中的江南人，指的當然是率領國府遷台的蔣介石。江北江南，一漂流一漂泊，江畔見月，心情無法言喻。第二組問答中江月初照人之年，卻也正是台灣政治動盪、風雨飄搖之年。惶惑、質疑、肅殺的政治風氣、血腥的武力鎮壓，海島不安，海峽難歸，充滿痛苦與傷害的年代，卻又是明明如月，令人感慨萬端。而後代代過去，外省歸化於本省，血脈融攝於土地，原本無名的海外一島，已讓浪跡天涯之人安居樂業。兩岸相隔相忘，是一九四九年以後政治上的現實，然而一處相思，兩地同愁，卻也是大時代的悲劇。

從第五組問答開始，所涉及的乃是台灣政治上的處境。江月何待？曾經的外省已是本省。長江彼端送來流水般的「關心」，海島此處無法不感覺「不安」。白雲悠悠，原本無法定位的台灣島，受到對岸在國際上的孤立，成為「無名的天下人」。而愁怨深深，我們只能企盼彼此真的「相忘於江湖」。只是故事未完，詩亦未完，還得要代代敘寫下去。歷史，終無了局。

詩心如此，詩藝如此，我們不能不佩服陳義芝。

陳義芝　一九五三年生於台灣花蓮。高雄師大國文系博士。曾任聯合報副刊主任。歷任輔大、清大、台大等校兼任講師、助理教授。現任台灣師範大學副教授，中華民國筆會祕書長。出版詩集《不安的居住》、《邊界》、《掩映》等七種，散文集《為了下一次的重逢》、《歌聲越過山丘》及評論等二十餘種。曾獲圖書金鼎獎、中山文藝獎、榮後基金會台灣詩人獎等。詩集有英譯本、日譯本在國外發行。

栽種

簡年佑

總是陰雨的時候
長長的軌道上一個鐵皮箱子
裝載著我和都市的身體
回到小米生長的地方
這是一個哀傷的隱喻
我們把好多古老的歷史
連同 akong 布下的陷阱
ama 以前編織的衣裳
山谷裡走過的痕跡全都
種植在這裡

洞穴和遠古的居所一樣
潮濕，而且適宜生長
擺好檳榔灑上米酒
用來灌溉死亡
「會種出什麼來呢？到底？」
突然我無法理解
石碑上的漢字
到底會種出什麼呢？
告別山谷裡雄鹿的犄角
海洋中的美麗魚鱗
把自己移植到城市
又在溫室裡讓生活發芽——
誰會種出一株樹豆給族人煮湯？
誰會煮熟一顆又一顆語言的芋頭？
當記憶和血液種出了我

種出了這土地上的遺忘……
到底會種出什麼呢？
軌道長長只有
規律的金屬聲響
穿過隧道突然一片光亮彷彿
天氣已然晴朗而我
認識了自己的名字
裡面有著金黃色的芳香

※akong，阿美族語祖父之意；ama，阿美族語祖母之意。

●————○ 筆記／吳岱穎

看似是迎接生命成長的栽種，其實是永隔人世的安葬。做為一個生活於城市的原住民，如何面對漢族人清明掃墓的習俗？簡年佑這首詩，提供給我們一個迥異於傳統的思考方式。

在紛紛落雨的清明時節搭乘火車返鄉，被作者改造成「箱子裝著身體」的死亡意象，聯繫著的是安葬祖先之所的「種植」。在作者的筆下，這樣的「種植」所種下的，不僅是祖先的骸骨，更是原住民的歷史文化。這是漢人的節日，但祭祀的方式仍舊依照原住民傳統，擺上檳榔灑上米酒。如此，卻引發了作者接下來的疑問。

「會種出什麼來呢？到底？」原住民語法的小小趣味，帶來的卻是巨大的問題。「石碑上的漢字」不是族語；告別山林與海洋，也不是原住民的生活方式。那麼，從小生活在都市，接受了漢人文化教育的作者，究竟又是什麼樣的果實？

作者最後還是找到了答案，答案就在他的名字裡。這個名字指的其實是原住民的身分血脈，聯繫著本詩一開始「小米」的意象。或許，只要願意面對、尋找真實的自己，「認同」就不會是令人迷惘的疑惑了吧！

簡年佑　一九九〇年生。父親為阿美族人，母親則來自金門。就讀建國中學時加入紅樓詩社，開始接觸朗誦與新詩。曾獲紅樓文學獎新詩首獎、台積電文學獎新詩三獎、台北大學飛鳶文學獎首獎。選擇以法律作為人生志業，並且仍然繼續追尋族群與自我的認同關係。現就讀台大法研所。

阿立祖的歌

黃立元

（從什麼時候開始信仰神，開始
屈膝種植自己的倒影？）

我還想告訴你更多關於荒野的事：
好比候鳥遷徙的途徑，季風是怎樣
穿越廣袤的大地
哪兒有最清甜的小溪？告訴你
日月不同的諭示，星辰東升
自此便有了方向，直抵傳說中
肥沃美好的疆域

告訴你生活的要領：男人，
讓命運形塑你成為獵者
月光下默數河床上
深深淺淺的足印——
（一枝箭緊抵弓弦，飛身射入
蔓藤糾結的密林）
你要知曉如何犁土、整地、耕耘
播撒萬千族民的苗裔

告訴你怎麼搭築
足夠堅實的居所，屋角破土而出
看百年來一個信念
撐起無法動搖的團結
想當夜又嫁出一名女兒
我們歡騰而全然不知

祖先，打下的樑柱傾斜

我依然能認得你，你的顴骨隆出
山脈，接通血緣，且隨風
溯荒溪而上
我還想告訴你更多、
更多川流之事，但我無法解答
當暴雨沖散所有記憶
一個意志要怎麼延續無數個夢？

我依然記得你們每個人的
每個名姓，可以細數
一切枝微末節的傳說，當我手持澤蘭
身著白衣走過部落——甚至還想
告訴你更多關於背棄、詐欺的種種
然而大地告誡我保持緘默

保持緘默，讓我們的故事起於
歷史，止於當代
我知道開啟公廨的密語、知道
夜祭的口白，當一切顯得多餘而無用
唯要記得，西拉雅，我們僅剩的族名
像初次航行那樣艱難地穿越暴風
抵達豐饒的彼岸——
即使如今廣大的嘉南平原上
容不下我們一點聲音。

※西拉雅族後裔發起正名運動多年，始終未獲政府承認，族人因而提起集體行政訴訟。二〇一一年七月二十一日台北高等行政法院將訴訟駁回，等同於敗訴。何時得以正名仍是未知數。

中文詩歌向來有所謂的「代言」傳統，在詩心的作用下，詩人代替沒有發言權的婦女與平民，或悲詠命運，或婉言怨怒，發出心中真實的吶喊。其中最困難的一點是，如何跨越性別、階級、語言或種族的藩籬，存其情而不失其真，這絕對不能只靠想像力來完成，還得下更多的考證功夫。

黃立元這首〈阿立祖的歌〉，模擬西拉雅族祖靈的聲音，敘寫原住民被遺忘的歷史，呼應西拉雅族人正名的訴求。全詩從兩個疑問開始，祖靈垂詢基督宗教與漢族農耕文化進入西拉雅族人生活的起源，因為這乃是他們改變生活形態與遺忘過往的開端。

接下來，祖靈分段敘說自然之美、漁獵文化，也敘述了原漢通婚所帶來的影響。作者似欲藉由阿立祖的聲音，傳遞原住民內在的自我認同。然而在第四段中，這樣的認同卻僅能透過依然存在的血緣接通，因為歷史已經被人們所遺忘，包含了神話傳統，以及漢人對於西拉雅族的欺詐剝削。即使密語、口白等等仍舊藉人們口傳而留下，但當代西拉雅族人已不解其義。

全詩最後收束在一個悲傷的事實上：西拉雅族正名運動遲遲無法得到圓滿的結果。然而，若當時年僅十六歲的作者願意關注此事，不正表示它也值得我們更多的關心嗎？

黃立元　一九九五年生，台灣澎湖人，定居高雄、台南兩城十年，曾獲紅樓文學獎、台積電青年學生文學獎等，高中時主編校刊《建中青年》。現就讀台大政治系國際關係組。寫詩很慢，此外也嚮往寫小說。

四

學校綠

夢中書店

羅智成

我們最敬畏、最著迷的叢林
正是那家書店。

在沒落社區一個
屢被郵差錯過的門牌裡
幾百里長的各式書架以及
石鋪、鑲木以及
泥濘的甬道
壅塞、盤據、
把知識延伸到

店裡一些還沒接上電力的地方：
布滿蛛網、迷瘴、
老鼠與蠹蟲的廳房、下水道、
水深及膝的地毯和
永遠失落了鑰匙的密室……
而高達數十層的書架、架上的巨型標本
殘破的旗幟、族徽、
封死的軒窗、失憶的抽屜
便一窟又一窟地向我們展示
人類心智猙獰的原貌……

沒有人，包括第三代店員八十九歲的屴先生，
沒有人知道書店的實際規模——
包括去年為了追捕一本風漬書而
永遠沉淪於文字流沙中的厷教授，
多年以後突然從壁畫中破牆逃回的書評家

以及緊咬著他後頸項的新品種蝙蝠……
真的，即使緊守著B區東側的書庫
以傳記文學和寓言為主的灌木叢
我們偶爾也會碰上一些
迷途者的骸骨……

我們最著迷的迷宮
就是那家書店了！
在變動不安的整整一個世代
我們幾乎是含淚傳頌
那座不移動、不溶化也不現形的冰山
而閱讀
讀那些冷僻、艱深的心靈
以及持續不懈的白日夢
就是我們祭祀青春的儀式……

像隻深藏不露的巨獸
書店以不起眼的門面對外經營
在重重書架後頭
它卻兀自生長
以一種初生星球的能量、暴力
和不可思議的可能性……

向晚時
我們總聽見近處、遠方
各種支架鬆動、潛行躡行的聲響
或土著在斷簡殘篇中搬桌動椅……
對此我早已見怪不怪
我踮腳取下一本般代出版的植物誌
水聲從架上空出的縫隙傳來
我專心翻閱
端坐如晷

渺小如蟻
然後換另一本書
好奇索讀
直到知識打烊……

●————○ 筆記／吳岱穎

羅智成，這位被讀者暱稱為「微宇宙的教皇」的詩人，他在台灣現代詩壇所開創的「知性書寫」，具有其獨一無二的地位。他研習哲學，探究知識，而以感性的詩句綰合知性的內容，以隱喻描摹知識可能有的圖像，風靡了萬千追隨者。這首〈夢中書店〉正可以用來說明羅智成「以理入詩」、「以知性之梁柱構建詩性之廣廈」的絕妙詩藝。

做為貯藏、陳列知識的場域，「書店」理所當然是用來隱喻知識最好的意象。羅智成將「書店」與「叢林」結合，暗示了人類知識荒蠻萬狀的存在狀態。它有光明可親之處，也有陰暗隱晦的角落；有普世遍知的常識，也有永遠失落的不傳之祕。而追索知識的人當中，有深陷於往昔的學者，也有自以為掌握了體系，卻又總被體系外的新思想襲擊的評論者。無數的人們在此迷途，試圖理解人類知識的全貌，然而知識猶自不斷擴充、生長、無窮無盡……。但知識是好的，求知令人快樂。從某種角度看來，這才是人與禽獸的根本差異。由渺小見證巨大，從短暫認識永恆，文明之所以能進步如此，豈非正是根源於人類的這種求知之心？

本詩在音樂性的表現上，極為流動自然。長短句交錯並陳，也善用類疊複沓的效果創造節奏。無怪乎教皇一出，眾生便隨之瘋魔了。

羅智成　台大哲學系畢業，美國威斯康辛大學東亞所碩士、博士班肄業。作品曾多次獲獎，亦獲得兩次時報文學獎新詩推薦獎。著有詩集《諸子之書：羅智成詩選》、《羅智成詩集畫冊》、《光之書》、《擲地無聲書》、《寶寶之書》、《黑色鑲金》、《夢中書房》、《夢中情人》、《夢中邊陲》、《地球之島》、《透明鳥》等，散文或評論《亞熱帶習作》、《文明初啟》、《南方朝廷備忘錄》等。

春歌

陳黎

仲春草木長。工人們在校園裡伐樹
把多餘的軀幹砍剪掉。學生們在
樓上教室作測驗卷，三不五時轉頭
向窗外，呼應落地枝葉的叩問：
怎麼樣的茂盛，或謙遜，才能滿
而不溢，勝而不驕？（這是一題
不太能簡答的簡答題）草本植物
與木本植物（或者素食者與非
素食者）誰對人類的貢獻較大？
（這是答錯倒扣的選擇題）

學生們振筆疾書，發育中的他們
當然知道越多越好。吃越多
越壯，寫越多越高分，認識越多
女生或男生越屌。但他們可能
不會寫屌這個字。多屌啊，垂吊
在窗外的那些綠意盎然的枝幹
到了暮春它們會更屌，到了仲夏
更更屌。我不是在那些青春期的
早晨為勃起如鐵的下體疑惑固體
與液體的關係嗎？我也跟所有人
一樣（亦一凡夫），尋常地
過日子，讓簡單的「日」字
累積長出橫的、斜的筆劃，逐漸
成形的春的身軀。我的枝幹
無法幹出我欲望的春色，無法
對人類或另一半性別的人類

做出更大的貢獻，只能以驚惶的
仲夏夜之夢遺草草書寫我們被
按時抽查的生活週記。誰的刀斧
伐我剪我，刪除他自以為是的
多餘情節或不當鏡頭。誰的毛筆
批我閱我，警示我羽毛漸豐的
鳥筆種種書寫的禁忌。我的日子
正長，它發育，它茂盛，它滿而
不得其門而溢。它逃逸，它困頓
啊，少年共和國漫長的戒嚴時代
以禁慾為敦倫，以自閉求放心，而
仲春草木長。遶屋扶疏，眾鳥有託
我亦愛我的鳥我的筆，而無陰可棲
無女牆濕地可恣意噴寫生之標語
由春入夏，由夏入秋，腫大的
心智懸掛在一具逐漸萎縮的軀體

屌什麼屌？怎麼樣的茂盛，或謙遜
才能滿了就溢，溢了又滿，在春夏
還是兩個無法被簡化的繁體字時
仲春草木長。工人們在校園裡把
春日之樹多餘的筆劃砍剪掉
我的春天被刪減得只剩下一個日字
一些簡單的日子，等虛無之音
貼近成為暗，等老坐上來成為耆
仲春草木長。流浪狗三兩隻穿梭
校園，交頭接尾。什麼是這些樹
這些獸不變的倫理？什麼是春天
正確的形狀，真正的發音，意義？
（這些是從來沒有印在測驗卷上
的問題）學生們振筆疾書，他們
等待一個自由的暑假，沒有多餘
衣物束縛的燦爛之夏，越多越好

他們知道，用力書寫，發育，發聲
如春日滋長的草木，如一首歌

●————○ 筆記／吳岱穎

在中生代的詩人當中，陳黎向來最以具備實驗精神著稱。他擅長運用後現代的拼貼手法，創造新舊雜陳的語境，並以雙關、類疊等等方式，偷渡、偷換各式各樣的概念，產生諧擬、仿諷等幽默的效果。各種古今文類、中外典故，甚至是各族群的語言、文化之特徵，無不可以入詩，包羅之廣，令人瞠目結舌。

以上所說這些陳黎詩作的特色，許多人早已知道。但陳黎詩歌仍有其不傳之祕，值得進一步的探究。即以這一首〈春歌〉為例，我們一眼可以辨認出使用了陶淵明〈讀山海經〉的詩句，只是偷偷把「仲夏」換成「仲春」，不僅僅是因應現實的時間點，更切合於詩中青春期國中生的身分，而這一切都包含在一個巨大的隱喻系統裡面。從「春日萌生的草木」到「青春勃發的孩子」，從「修剪枝葉」到「考試測驗」，「生」這個字有了多層次、多面向的意義，甚至在不同的情境中，經歷了各種可能的困境。而陳黎之所以能夠自由出入它們，靠的是一把「形音義」的鑰匙，也就是詩中所說「正確的形狀，真正的發音，意義」。

因為並不存在這個「正確的形狀，真正的發音，意義」，所以它是流動的、歧義的、多元的、變化無端的。也因此，我們可以在詩中看見陳黎以「字形變化」、「同音異字」、「字義雙關」等等方式，在看似是語言遊戲的詩句裡偷渡對於生命發展的辯證與思索。或許當我們掌握了這把鑰匙，我們也能像陳黎一樣自在、優游於詩之祕境中吧！

陳黎 一九五四年生，台灣花蓮人，台灣師大英語系畢業。著有詩集、散文集、音樂評介集等二十餘種。譯有《拉丁美洲現代詩選》、《辛波絲卡詩集》、《聶魯達雙情詩》等二十餘種。曾獲國家文藝獎，吳三連文藝獎，時報文學獎，聯合報文學獎等。二〇〇五年，獲選「台灣當代十大詩人」。二〇一二年，獲邀代表台灣參加倫敦奧林匹克詩歌節。

學校綠

林群盛

永遠記得第一次上幼稚園那天。我和隔壁同齡的一棵小樹一起背書包、胸前別著手帕衛生紙上學。

教室已經坐滿了小樹，大家都很陌生。我連和我一同上學的樹是誰都不知道。我每次偷看她名牌時，她就立刻用樹葉掩住；其他小樹也是噘著嘴、不太容易親近。

那時教室窗外偶爾有恐龍踱來踱去、火山突然尖叫，但大致說來、上課秩序還是很好的。不過一下課、有些樹就蹺課了，從此座位上再也沒看到她們。

我連名字都沒看到。

放學。還留在班上的小樹已經不到三棵了。而且也是蒙著口罩、枝葉被煙塵扭成灰色。

窗外仍有恐龍踱來踱去。不過卻是金屬製品。火山也再爆發了。預備逃出的女人和男人手抱一個包庇著發育不全樹苗的膠囊。

移民的宇宙艦毫不留情起飛。

我和全校僅存的幾株樹到禮堂參加畢業典禮，隕石和大氣層碎片一同落下、堆滿無法掩飾的問號的地表噴出地球紅色滾燙的血液。

鳥獸逃回百科全書。色彩隱入移居的彩虹。我拿著大學的畢業證書，將胸花和只寫著「樹」的名牌緩緩折了下來……

●————○ 筆記／孫梓評

林群盛玩詩，童心總是未泯，也許因其教養與背景，他思考的詩可能，超越平面，不止立體還超連結。〈學校綠〉開場則有童詩氣味：小樹與小樹一起上幼稚園，彼此陌生，害羞被看見名字，於是「立刻用樹葉掩住」名牌，姿態鮮活極了。彼時，恐龍仍未絕跡，火山日日叫喊——其窗外時空，應該是三疊紀吧？

然後，時間被詩人魔術的手快速剪接，恐龍雖仍有，卻成了「金屬製品」；火山再度甦醒，逃命的男女搭上移民外星的太空船……小樹還在。一直都在。跟隨著那些沒有蹺課（或被綁架，撕票）的其他小樹們，在隕石墜落、岩漿噴射的地表，灰頭土臉地領取了大學畢業證書。

那時，「鳥獸逃回百科全書。色彩隱入移居的彩虹。」無人，無獸，無色彩，做為第一人稱的小樹，也只好默默地，「拿著大學的畢業證書，將胸花和只寫著『樹』的名牌緩緩拆了下來……」

如果樹要上學，他的學校會在哪裡？整個地球都應該是樹的學校，然而，人類是否一再剝奪小樹求學的空間？透過教育制度的不同級別，暗中嵌合地球歷史與自然環境的變遷，這樣一首實際上可被歸於環保議題的詩作，卻亦毫無彆扭地安居於學校的相關意象中。我特別喜歡詩題訂為〈學校緣〉，而非〈小樹學校〉或其他，那似乎暗示了：每一棵小樹，才是我們值得以身相許的學校。

林群盛　一九六九年生，台灣台北人。光武工專機械科畢業，留學美日，攻讀室內設計、音樂、電腦動畫；曾為電玩遊戲企畫人、插畫家、動畫腳本家、電競教練。作品獲中華民國新詩學會優秀青年詩人獎、《創世紀》三十五週年詩獎。林群盛慣以電腦語言創作，另有BBS詩、3D詩、網路遊戲詩等。著有詩集《超時空時計資料節錄集Ⅰ：聖紀豎琴座奧義傳說》、《超時空時計資料節錄集Ⅱ：星舞絃獨角獸神話憶》、《限界覺醒！超中二本》等。

影子躲避球

邱稚亘

落在界線之外的
我的身體
被急促的腳步聲撿起

笑聲清澈而遙遠
許多影子還在場上
奔跑　尖叫
被球碰到一次便縮小一點

直至終場

一具沾滿影子的軀體緩緩
上升　發光
如夜裡的太陽

●——○ 筆記／孫梓評

邱稚亘的詩取材自生活，更精準的說，或許來自生活的裂縫，一如他自己坦承：「寫下來的全是縫補，也是破綻。」相較於詩集裡常見的長句，彷彿不一口氣說完那些心裡話不甘心，〈影子躲避球〉的句型則相對短而輕快。

學生時代，或多或少都曾在體育課打過躲避球吧？區分兩隊，內外場，閃躲那些擲來的惡意，被擲中了便離開內場到外場去。終場時以場內人數多者優勝。

〈影子躲避球〉全詩僅三節，寫的自然是打躲避球這件事，又不全然是。「落在界線之外的／我的身體／被急促的腳步聲撿起」，本來被擊中了就得出局，但隊友及時將球撿起，於是逃過一命。詩人迂迴寫出緊急的一景，而那似乎也暗喻了通往成人世界，必得經過的、某種無隙的團隊合作？

「笑聲清澈而遙遠／許多影子還在場上／奔跑　尖叫／被球碰到一次便縮小一點」。視角忽然換了，由外場觀看那些猶在內場奔跑的，總像未死之人，還為生活的什麼奔走雀躍著。當「意外」（躲避球？）拜訪，那些影子們的總和，便又一次被噬吞掉部分生之版圖。

「直至終場／一具沾滿影子的軀體緩緩／上升　發光／如夜裡的太陽」，那沾滿影子的軀體，說的也是躲避球嗎？又或者是發動攻戰的神？在肉身學校，祂回收影子，等長夜來臨，兀自在黑暗中統治一切？

懸疑、費解的末尾，像影子躲避球，從詩的對面側發射而來。

邱稚亘　一九七七年生，台灣台北人。東吳大學物理系、中央大學藝術學研究所畢業，現任職於台北市文化局。作品曾獲聯合報文學獎、中央日報文學獎、教育部文藝創作獎、全國大專生文學獎等。出版詩集《大好時光》。

左營孔廟偶得

凌性傑

我感到無與倫比的巨大
因為那些被天命所成全的：
王位、冠冕，良善的政權
潛入夏日午後，樹影深深
陽光掀開我的眼簾
燕子啄去歷史的碎片
在萬仞宮牆與蓮花池
之間，在蟬聲與掉落的
時代記憶之間
我想著他只是一個人

一個人守著文明的道理

他贊成在春服裁好的時候
一起走向溫暖的水邊
非常喜悅的唱歌
與他喜歡的世界相對
只不過常常無法拒絕
世界的秩序剎那間傾頹
在流浪的路途中
用光最後一點存糧
他或許也這麼相信
擁有堅強靈魂的人
慈悲並不是一擊就碎
並不會一擊就碎的
教養與愛，倒影於水中

萬事萬物都相信於他
我願意與他從事同一種行業
卻無法不困惑幾千年
一個人怎麼變成神
思想成為宗教
身體變作廟堂
曾經，受自己的傷
也受時代的傷

神祕偶爾是不受歡迎的
我聆聽著美，天地陌生的美
聆聽恐懼、遠方的奧義
把精神與意志填進了
舊城的磚瓦隙縫
收起手中的素描本
小小的心願突然

變得巨大無比

筆記／吳岱穎

面對孔子這樣的一個人，兩千年來，無數的人們為了各自的想法、理念、信仰，將他安置在教育與文化，甚至是中國政治傳統最高的位置上。為他興建廟宇，膜拜如神明，尊之為素王。但，真的可以這樣嗎？真的就只能是這樣嗎？

這首〈左營孔廟偶得〉，是以詩人的心貼近孔子的生命，以詩意的感通，還原孔子生命的某些片段。首段描摹左營孔廟實景，有宮牆蓮池，有燕語蟬聲，但詩人在其中感到無與倫比的巨大，那被稱說是天命的，其實，也就是文明的道理。

次段組合論語「盍各言爾志」與「絕糧於陳蔡之間」的兩個片段，不加評斷地，呈現孔子做為一個「人」的可能。但詩人隨即提出疑惑：經過千年的造神運動，孔子身為「人師」的那個部分，究竟還有多少人在意？他活潑潑的生命與思想，如何在後世的演變中僵化，甚至受到現代某些人的全盤否定？

詩人對此提出了自己的看法：倘若生命的高度不夠，那全然展開的美與奧義與精神與意志，全會被當成不受歡迎的神祕。作者在全詩的最後點出了自己的心願，它既微小而巨大，呼應著第一段「文明的道理」。我想，那或許就是詩人在多年的教學生涯中累積而得的真理，一本初衷的教育之心吧！

凌性傑　生於高雄市。師大國文系、中正中文所碩士班畢業，東華中文所博士班肄業。曾獲台灣文學獎、教育部文藝獎、林榮三文學獎、中國時報文學獎、中央日報文學獎、梁實秋文學獎等。相信所有美好的事物，熱愛詩意的生活。現任教於台北市立建國中學，著有《有信仰的人》、《有故事的人》、《愛抵達》、《2008／凌性傑》、《燦爛時光》、《找一個解釋》、《更好的生活》、《自己的看法》等書。

松園晚禱

林育德

什麼是帝國主義？我無法回答你
父親守著武士的道
而我們守著天皇的道
橫濱的少年，吉野來的女人
這是一個好難的問題

什麼是自殺攻擊？如果可以
我願意視為一種儀式
鮮血在軍旗上
軍旗插入每一吋土地

太陽永不落下的地方，包括米崙
女人要替我到神社去
拜託吉野的住持
寫一段祈願文，在小小的繪馬上
畢竟她還來不及學會
寫我們的字

是山上的松樹在發抖嗎？還是
港口拍來的電報？
松針敲擊窗板，答，答，答，答
橫濱摩擦吉野，啪啪啪啪——
軍情傳遞需要時間解密
我的身體索求更多訊息

我的男人，什麼是神風？

今夜氣氛如此凝重
太陽旗下不斷低頭喃語
彷彿有什麼正在靠近

手腕纏繞紅色絲線
服侍也不過是
一個又一個不同的番號
我的男人，什麼是神風？

隊長問過我們的願望
最後總是天皇萬歲，大日本帝國萬歲
重要物品放在不同的信封
號令響起，米崙開始起風

什麼是帝國主義？我無法回答你
軍人守著天皇的道

而我們守著神風的道
橫濱的神風，吉野的女人
這是一個我也不懂的問題

什麼是神風特攻？如果可以
我願意視為一種狂戀
體液在戰機上
戰機插入每一個目標
我永不倒下的地方，包括吉野

什麼是一去不歸？如果可以
降落，我要和女人到神社去
還是得拜託住持
寫一段祈願文，在小小的繪馬上

畢竟我還來不及學會

寫死亡的信

※松園：位於花蓮市美崙山上，可遠眺花蓮港，據傳為日治時期神風特攻隊出征前受天皇「御前酒」處。並有台籍慰安婦於此，建築四周植有許多松樹而得名，日治時代結束後荒廢。現為花蓮市藝文中心，時常舉辦各類詩歌節及藝文活動。

※吉野：日治時代地名，今花蓮縣吉安鄉。

※米崙：日治時代地名，今指花蓮市美崙山一帶。

筆記／吳岱穎

太平洋戰爭後期，日軍節節敗退。為求拖延戰事，日本人成立了「神風特攻隊」，以自殺的方式駕機高速衝撞美方軍艦。位處於花蓮的松園別館是此一戰爭歷史的見證地，隱藏著許多消散於太平洋風中的故事。林育德這首〈松園晚禱〉，設想三個人之間的對話：隊長、來自於橫濱的飛行員與一名神祕女子，藉此鋪陳出對於帝國主義與個人命運的思索，是中央大學文學獎的得獎作品。

全詩分成十節，一至四節是隊長的話語。他以武士道、天皇，以及軍國主義，回答少年對於帝國主義與自殺攻擊的疑問，並要女人到吉野的神社，也就是位於花蓮縣吉安鄉的慶修院，以繪馬（一種祈福用的小木片）祈願。他似乎心懷恐懼地等候上級下達攻擊指令，卻說「身體索求更多訊息」，這顯然與女人的身分有關。

在第五、六兩節中，我們發現這名女子「服侍不同番號的男人」，可以知道這名女子的身分其實就是台籍慰安婦。她今晚的任務就是服侍這名橫濱來的少年飛行員，但她並不知道少年的命運已然注定。第七到十節是少年與女子的對答，他自言並不懂帝國、軍國，只知道自己的欲望，以及可能一去不回的結局。

本詩最精采的地方，就在於第三節與第十節的對照，前者是語言種族的隔閡，後者則是生與死的相別。對此，詩人不露一絲同情或批判，但讀者應當能體會到那深刻的悲憫之意。

林育德　一九八八年生於花蓮。花蓮中學畢業，現就讀於東華大學華文所創作組。曾獲全國學生文學獎、台積電青年學生文學獎、中央大學金筆獎、東華大學文學獎、花蓮文學獎、海洋文學獎。曾參與二〇一三台積電「文學新星」作品展、《創世紀詩刊》詩發現場特集。

少年維持著煩惱

蛋堡

他常要猶豫很多選擇　頭髮的長度　鞋子的顏色
他常要面對很多抉擇　舒服的床鋪　或老師的臉色
他常要背很多單字　增進了程度　拚英文的檢測
有時會遇上一些麻煩　回家的長路　是埋伏和險惡
他常常坐在圍牆上看火車經過
他常常翻開報紙查本週星座
他常常發呆　在重要時候
所以每件事都反覆確認　以防有聽錯
他徬徨　關於一些把握或錯過　或懊悔　有心無心的過錯
不喜歡囉嗦　有時比較少講話

看著書　聽著歌　幻想著長大

那少年維持著煩惱
專心在他的煩惱
微不足道的煩惱
那少年維持著煩惱
專心在他的煩惱
微不足道的煩惱

當然他有他的煩惱　有時是沒法　有時是不想去趕跑
比如說懂自己的人多麼難找
好學校多難考　和愛戀的纏繞
喜歡的女生　他等待著回應
家裡的規定　愛情這時是違禁
一星期兩次　她補習班的背影　在夜裡　畫面一直重播不會停
寫成一首詩　他投稿在校刊

佐青澀的文字　是青春的套餐
他了解少年不怕累　老人怕爆肝
不懂人長大愛孤獨　小時怕落單
而處於　這個似懂非懂的年紀
和屬於未來　瑣碎的成熟相比
他想得太多　顯得不切實際
他覺得沒有人懂　是寂寞的十七

那少年維持著煩惱
專心在他的煩惱
微不足道的煩惱
那少年維持著煩惱
專心在他的煩惱
微不足道的煩惱

他多想跳過現在的生活　沒想過多年後卻發現這成為鄉愁

他很在乎承諾　沒想過多年後　沒比較多連絡
他還不能看透　心裡的妒火　在多年後都只是路過
他還沒法掙脫　懂的詞不多　沒法去對誰訴說
他想複製成熟的樣板　沒想過會感嘆流失的浪漫
期待幸福和美滿　沒想過有天在鞋盒遺忘愛情的遺憾
他也沒想過　會當過壞人
沒想過會懷念懵懂和單純
只單純地　專心在他的煩惱
微不足道的煩惱

那少年維持著煩惱
專心在他的煩惱
微不足道的煩惱
那少年維持著煩惱
專心在他的煩惱
微不足道的煩惱

● ——— ○ 筆記／孫梓評

從蛋堡第一張專輯開始，總能在他的歌詞中讀見詩意，不，不只是流行樂慣愛從現代詩借用的某些技巧，而更像他發明了一種新的可能：那肆意流動的自由，大膽，可愛，老讓我想起鯨向海對現代詩所做的事。

〈少年維持著煩惱〉前後兩個版本，第一版輕快些，像個說書人，事不關己說著第三人稱所歷；第二版與黃玠合作，加入了吉他，淡淡憂傷撥動，好像更貼近文字中滿溢的「後見之明」——如得其情，我們便也讀見自己。

題目巧思，挪用歌德《少年維特的煩惱》而成〈少年維持著煩惱〉，十八世紀少年所苦所樂者，到了二十世紀有了什麼變化嗎？那些「微不足道的煩惱」，內容不外乎是「頭髮的長度，鞋子的顏色」，在累癱了的早晨，該抉擇「舒服的床鋪或老師的臉色」？不請自來的煩惱當然還包括「好學校多難考」、「愛情這時是違禁」，由於饒舌樂歌詞本身所具備的口語化和敘事功能，作者不著痕跡列印出少年蛋堡的畫像。

那些「坐在圍牆上看火車經過」的時光，「翻開報紙查本週星座」的忐忑，「懂自己的人多麼難找」的孤單，自然是每個十七歲男孩絕不陌生的。但通篇最最寂寞的，卻並非僅僅重現了青春溫度，而是，當時間無情向前，少年老去，卻仍然維持著煩惱：「他多想跳過現在的生活，沒想過多年後卻發現這成為鄉愁。」在當過壞人之後，在妒火掩熄之後，在懵懂和單純都像制服般褪下之後，在終於愛上孤獨之後。

蛋堡　本名杜振熙，一九八二年生，台灣台南人，詞曲創作饒舌歌手。台南一中、雲林科技大學視覺傳達系畢業。高三和熱舞社學弟以一首饒舌歌曲〈Skool Life 一中生活〉拿下竹音椰韻冠軍，並成為台南一中地下校歌。大學時被獨立音樂廠牌「顏社」發掘，隨後發行專輯／EP《黃金年代》、《收斂水》、《Winter Sweet》、《月光》、《踩・腳・踏・車》、《你所不知道的杜振熙之內部整修》等，以獨樹一幟的「輕饒舌」風格成為受矚目的新生代饒舌歌手。〈少年維持著煩惱〉出自專輯《Winter Sweet》。

五

詩的成因

詩的成因

席慕蓉

整個上午　我都用在
努力調整步伐好進入行列
（卻並沒有人察覺我的加入）

整個下午　我又要為
尋找原來的自己而走出人群
（也沒有人在意我的背叛）

為了爭得那些終必要丟棄的
我付出了

整整的一日啊　整整的一生

日落之後　我才開始
不斷地回想
回想在所有溪流旁的
淡淡的陽光　和
淡淡的　花香

●————○筆記／孫梓評

年少時，嚮往、想像著「詩」究竟是什麼？讀到這首〈詩的成因〉，忽然深深震動了。全詩僅四節，無一字不識，卻編織出一幅想像無限的畫面。

詩中那位努力合群、試圖「入伍」的「人」，剝去了性別，正像每一張曾經惶惑的臉——為了使自己能加入「大多數」，我們竟可以削去身上最重要的什麼嗎？

（卻並沒有人察覺我的加入）

在複數的虛妄之中，在稀釋的自我之中，那張惶惑的臉，哪怕只是比大多數置身隊伍的人，早一步醒轉過來，決心「尋找原來的自己」，便自願成為離群者，離開某一類價值認同或美學團體。

（也沒有人在意我的背叛）

這樣徒勞的隨眾與孤獨的啟蒙，原是一次內在靈魂的整理：為了「那些終必要丟棄的」，自己竟付出整個上午、整個下午，「整整的一日啊　整整的一生」——詩人使用了蒙太奇，驚悚且輕巧地揭示：大多時候，驀然回首，蹉跎且過的，確實已是一輩子⋯⋯

總算黑夜來臨了，身為一條湍流的急溪，才忽然想起沿途，那些事不關己的陽光與花香，而終於懂得一首詩所暗藏的香氣之所從來，和祂曾以怎樣的姿態光臨。

席慕蓉　祖籍蒙古，生於四川，童年在香港度過，成長於台灣。於台灣師範大學美術系畢業後，赴歐深造。一九六六年以第一名的成績畢業於比利時布魯塞爾皇家藝術學院。在國內外舉行個展多次，曾獲比利時皇家金牌獎、布魯塞爾市政府金牌獎、歐洲美協兩項銅牌獎、金鼎獎最佳作詞及中興文藝獎章新詩獎等。擔任台灣新竹師範學院教授多年，現為專業畫家。著作有詩集、散文集、畫冊及選本等五十餘種，讀者遍及海內外。近十年來，潛心探索蒙古文化，以原鄉為創作主題。現為內蒙古大學、寧夏大學、南開大學、呼倫貝爾學院、呼和浩特民族學院等校的名譽（或客座）教授，內蒙古博物院榮譽館員，鄂溫克族及鄂倫春族的榮譽公民。詩作被譯為多國文字，在蒙古國、美國及日本均有單行本出版發行。

反義詞

——答肇慶市的麥姓小友

張曉風

她的問題如下：
親愛的作家，如果你說
「愛」的反義詞不是「恨」——而是「漠然」
那麼「恨」的反義詞又是什麼呢？是「愛」嗎？
——或者，也是「漠然」？

我邊逃邊回頭，並作答覆如下：
啊，啊，親愛的高二小孩
我比你癡長四倍的年華
你的問題我卻不會回答

這世上的事說得清楚的不太多
說不清楚的不太少
只好胡亂打個比喻
例如大家都同意「生」的反義詞就是「死」
「死」的反義詞卻也許只是「半死半活死不了」的無奈
「黑」的反義詞是「白」（其實也許應該是透明）
而「白」自己找的反義詞卻極有可能是「紅」
「紅」呢？天哪，紅色一向自認為
跟「綠」色相抗相成
是一對綠鬪紅纏的
打了五千個春天也打不出結局來的最佳敵人
至於「綠」色，也許由於政治意識高漲
竟堅持說他的反義詞是「藍」色
此外「紅燒豬肉」能定其「反義詞」嗎？
該說是　清蒸牛肉

糖醋鯉魚
或是白斬雞呢？
乃至涼拌豆腐？
至於「文學院」的反義詞
應該是　工學院？
商學院？
還是法學院呢？
音樂系的反義詞是美術系嗎？
紡織系的反義詞是食品營養系嗎？
牧畜系的反義詞是航海系嗎？
據說「李白」的反義詞是「楊朱」
「三星白蘭地」的反義詞是「五月黃梅天」
茉莉的反義詞豈能是玫瑰
孔雀的反義詞也不宜是麻雀
唉，看來真是越說越亂，越解釋越迷糊
好在我已經跑得夠遠了

容許我喘一口大氣，並且說，我講完了

後記：我不常回讀者的信，這一封例外，因為信寄自肇慶。

有一年，丈夫跟學校去大陸旅行，晚上打長途電話回家，說：「我們今天到了肇慶。」我說：「哦，那你們參觀了硯台廠，吃了肇慶大粽嗎？就是裹著荷葉蒸的那種。」他似乎嚇了一跳，說：「咦？怎麼我們下午做什麼你全都知道了？」

當然知道，自己毛筆字雖寫不好，端溪硯產自肇慶卻總是知道的，對於河域中能淘出黑黝黝的端硯來的地方，我有萬分欣羨，連帶也覺得肇慶大粽是豐饒富厚的象徵，肇慶如今未必仍有好石頭了，但曾經有過，也就已經值得尊敬了。

所以，我寫了這封回信，給端溪的女兒。

● ——— ○ **筆記／吳岱穎**

張曉風，這位享譽文壇的散文作家，寫起詩來同樣具有特殊的味道。從表面上看，這首〈反義詞〉犯了初寫詩者最應避免的毛病，也就是「散文化」，或者說是「口語化」。但仔

細尋繹，它實際上符合了現代詩最重要的內在條件，也就是「多層次的歧義性」，而且還不能不分行書寫。說明如下：

本詩從一位肇慶市高二女生的來信開始，她由張曉風曾說過的話中延伸出新的疑問：「恨的反面會是什麼？」而張曉風也因此認真思索我們所使用的語言中，所謂的「反義詞」究竟是怎麼一回事。在同一套語言體系之下，一切詞彙的定義如果是完整而無所變動的，照理而言，應該可以找到某種「正反對應」的結構。但事實上，隨著語境的不同，詞彙的意義也會跟著改變，所謂的「正反對應」根本沒有固定的標準。

因此，張曉風試著一組一組拆解這些對應的詞彙。但每一組詞彙背後，都包含著語義與事象對應的巨大深淵。譬如：「生」理所當然對應著「死」，但對於一心求死的人來說，「死」所對應的卻是「求死不得」的痛苦。又或者是「文學」應該和「理工」相對應，但因為價值取向的不同，它或者對應著「商業」，或者對應「法律」。而這些根本無法簡化地說明，只能透過一則又一則的暗示，留給讀者自行思索。

因此，我們的解說也無法說得更多，只好讓讀者自行品味與想像了。

張曉風　出生於浙江金華，八歲隨父母遷台，一九五二年入學北一女中。一九五四年舉家遷往屏東，就讀屏東女中。畢業於東吳大學中國文學系。曾任教東吳大學、香港浸會學院、國立陽明大學。自陽明大學創校以來，一直擔任該校通識教育中心教授至二〇〇六年退休。中山文藝獎、國家文藝獎、吳三連文藝獎、中國時報文學獎、聯合報文學獎得主，十大傑出女青年。作品曾入選台灣、香港、中國大陸的中學和大學中文教科書。張曉風創作過散文、新詩、小說、戲劇、雜文等多種不同的體裁，以散文最為著名。

鳥

孫維民

在我的屋內有一隻鳥
關在一個藍色的籠子中。
每天清晨，當窗外它的同類
歡呼著搖落樹枝上的露珠
或者，精靈一般，降下
灰綠的草地，追逐
早起的小蟲，我聽到它
在籠子裡靜靜地撲翅
眼珠和頭頸不安地轉動
彷彿也是渴望。每天中午

我照例為它加水添穀
有時洗淨一枝菜葉
塞進細細的欄柵
藍色的囚室。總是
它疲倦地觀望著我
彷彿懷疑，彷彿
冷漠——我想到它
幾乎從未快樂地飛翔
午夜以後，偶爾也忍不住
偷偷流淚。當然我也考慮
慈悲等等危險的名詞——
我卻發覺：多年的禁錮
它像一顆老病的心，已經
無法撲打，藍色的
天空

在我的屋內有一隻鳥

●———○筆記／吳岱穎

孫維民的詩向來以具有哲學的深度與思維的難度著稱。他探索生命的孤獨，展現哲思對於世間萬有的觀照，同時反觀生命本身的枷鎖與限制。本詩看似是詠物，其實處理的也是相同的主題。文學從來不避重複，因為文學從來就不重複——它總能在重複中獲得新意，浴火而重生。

本詩以敘事為基底，但並不單純。所有敘述的元素都統括在一個巨大的隱喻中，藉由音樂性創造詩的形式，更藉由詩的形式與敘事的偽裝，包藏深刻的哲學命題。處處無疑，卻又處處可疑。譬如「藍色的籠子」為何是「藍色的」？譬如一隻鳥如何「疲倦地觀望」？又如何在「午夜以後」「偷偷流淚」？即使詩人已經點出籠子就是囚室，也在敘述中分別描繪清晨、中午與深夜不同的情境——清晨是自由的同類覓食時間，中午是拘囚著的「主人的餵食時間」，而午夜卻是無夢之迴的流淚時光——我們仍不得不懷疑，那被囚禁的並不是一隻鳥，而是其他的什麼。

詩人很狡獪地告訴我們，這隻鳥因為多年的禁錮，無法再度飛翔，但我們卻能從上下文中發現奇異的線索：「藍色的籠子／囚室／天空」，可不可能是一種遞進的同義轉換？若「慈悲」是危險的名詞，它上一句中的「流淚者」，又到底是鳥還是人？依此推想，在我屋中的那隻鳥，莫非就是我自己？或者是我自己的心？

讀孫維民的詩，思索詩人所安排、設下的線索與陷阱，則一首詩可比一部推理小說。甚至更深刻的，有解謎的趣味，有哲思的啟迪，這不是很划算嗎？

孫維民　一九五九年生於嘉義。政大西語系畢業，輔大英文所碩士，成大外文所博士。十五歲開始寫詩。曾獲第十三、十五、二十四屆中國時報新詩獎，第二、十一、十二屆中央日報新詩獎，藍星詩刊屈原詩獎，台北文學獎新詩獎，全國優秀青年詩人獎，台灣新聞報新詩獎，第八、九屆梁實秋文學獎散文佳作和首獎，第二十五屆中國時報散文獎等。詩風獨特，語言精緻凝練，兼容知性與感性。著有詩集《拜波之塔》、《異形》、《麒麟》、《日子》，散文集《所羅門與百合花》。另有論文集《艾略特四首四重奏之主題交織》、《米爾頓失樂園的解構閱讀》。

頭城
——悼F

零雨

初夏的黃昏你最好
坐6點5分那班火車

龜山島的腳剛被薄霧洗過
房屋的白牆壁
把黑窗襯得更黑
黑得有點讓人心動

然後火車經過隧道

然後樹也變黑了

然後比艷藍還亮的淺藍布帘
漸漸掉落火車的窗口
最後掉在村子裡
電線桿的路燈上

那時你特別聽到
跌落山谷的一面鐘
細細叫著蟬一樣地叫
向右掠過水域騷動
龜山島淺淺的睡眠

列車長來剪票了不知為什麼
他說了謝謝又說旅途愉快
而那正是我想對你說的

●———○ 筆記／孫梓評

「鐵道」是零雨熱愛的意象。她的詩裡，鐵道除了串接地理空間，還可以如一條時間祕軌，沿站讓不同時代的人上車；在這首「悼亡詩」，鐵道之意義讀來則像「一趟生命的單程旅行」。生者搭著火車往終站前去，每個人都有得下車的時刻，途中經過隧道，風景一暗，是否就是某人突然的死？

然而詩裡並不多談這些。我們只是輕裝，跟隨零雨，享受一小段可移動的囹圄。看窗外，從台北往宜蘭（或者相反），初夏黃昏，經過了頭城。如何知曉？忽然拍進車窗裡的海，提醒我們的視線：「龜山島的腳剛被薄霧洗過」，隨即，在火車前進速度中，窗外標的物切換成「房屋的白牆壁／把黑窗襯得更黑」。抑或，那是靈堂四壁皆白的景象？況且那黑，竟「黑得有點讓人心動」——誘使我們想起佛洛伊德所說的死欲（Thanatos）。

隧道之中，什麼都看不見了，眼神只好停留在窗邊的「淺藍布帘」，那也像黑夜之前，最後一抹橫掛在村裡路燈上方的藍。大自然從不因誰的改變而停步，所以蟬叫喚著夏天，蟬鳴紛紛浸入海潮，打擾了龜山島入夜的睡眠——被打擾的，大概也包括在半夢半醒間、被剪票的列車長所喚醒的「我」吧。

場景回到車內。列車長遞還票根，說了「謝謝」以及「旅途愉快」。目送先走一步的人，湧在舌尖的千言萬語，最終，也只能濃縮為這樣兩句話。

因為這哀愁而動人的末尾，我們突然不太確定，零雨筆下的車廂，究竟是真實於鐵軌上移動的一節，或者乃是一個允供情感投誠的告別式會場？

零雨　台灣台北縣人。台大中文系畢業，美國威斯康辛大學東亞語文研究所碩士，哈佛大學訪問學者。曾任《現代詩》主編、《國文天地》副總編輯，並為《現在詩》創社成員之一。現任教於國立宜蘭大學。曾應邀參加鹿特丹國際詩歌節、香港國際詩歌之夜。出版詩集《城的連作》、《消失在地圖上的名字》、《特技家族》、《木冬詠歌集》、《關於故鄉的一些計算》、《我正前往你》等。以〈特技家族〉一詩，獲八十二年年度詩獎。

每一天都是最後一天

李進文

如今幸福變得內向
因為世界大方追問一些
不可理喻的細節，讓我猜疑、讓我寂寞
廣場上遊魂般的落葉輕輕飄過
在今天
於是我渴望寫信給過去，並問候未來
因為每一天都是最後一天

即使最愛的某些人，陷落時光裡的某些片刻
或者消失了

即使只有一天
只有一天中的某一片刻我都不能失去
愛的勇氣
即使愛是疲倦的——
像神愛世人一樣，因為世人不斷逸出常軌
我將向時光學習義無反顧
即使我也會陷入某些片刻而茫然
甚至走錯方向，遲到半天
而且淋了雨……
我無法讓自己純粹為了陪伴這世界
而勉強坐在這裡發獃

因為每一天都是最後一天
每一天只要全力以赴，或者恬靜地走向內心
就等同經歷了美好的一生
所以天空總是笑看人間，而流雲來去

總是不猶豫、不考慮
所以微風搖落松果總是像吻一樣
即使，在世界結束的前一天
我毅然重新誕生，以一生中唯一的一天
命名為生日
那時幸福剛剛萌芽，怯怯於追尋
直到世界大方追問一些前世細節
或者來生種種——始驚覺：
我就這樣不多不少地擁有一天中的一生

夢不必然存在，它頂多存活一天
因為每一天都是最後一天
不知有夢而人生如夢，把一天當一生來活
多美！鐵道旁的龍膽花正以火車的
速度綻放，矢車菊開遍山坡
日出和日落繫於一條河的兩端

時光，啊
時光必然以直線才能最快抵達幸福
而一些支流
像小細節的人生大規模漫漶於蘆葦沼地
蟲鳴，倒影，漣漪
以及偶然的雷聲……
這些都將在一天中發生、在一天中結束
唯絲綢般的時光以純美的質地搗衣
於流觴之濱

因為每一天都是最後一天
所以人生篇幅不許小說，也不能散文
必須以詩——雋永，精確，簡潔
以大規模的小細節
雕刻幸福
純粹用心，未竟亦美

又何必頻頻追問這世界

●————○ 筆記／吳岱穎

在電影《終極假期》（*Last Holiday*）中，被誤診為腦瘤的喬琪雅（皇后・拉蒂法飾）決心改變自己平凡的生活方式，要好好地度過這人生最後的假期。因為勇於面對自己的死亡（即使只是一個誤會），她為自己的生命贏得了尊嚴與自信，沒有遲疑或恐懼，展現出耀人的美麗風采。李進文這首詩所揭示的，正是同樣的心境。

在第一段中，世界展現為某種逼問者，令我們鑽牛角尖地思索那些「不可理喻的細節」，讓我們變得猜疑、感覺寂寞，也使得幸福隱微難見。但詩人決意省視自我，因而重新發現了生命的本真。那其中有著「愛的勇氣」，也有「義無反顧」的決心，因為人不應該為了「陪伴這個世界」而活著，那只會讓我們耗費生命。

如此，則世界真實動人的美好才會顯露在我們面前。當世界真正為我們打開，也就是我們新生命的開端。我們不再受拘於偶然的困境，而能直接面對、追尋幸福。詩的第四、五段所敘寫的，正是重獲新生之後所見所感。

這樣的思索結束在一個領悟上：人生必須活得像詩。原來，詩才是帶給我們幸福的保證。這個道理，我們確實應該好好揣摩學習才是。

李進文　一九六五年生，台灣高雄人。現任聯合文學出版社總編輯、創世紀詩社主編，曾任職編輯、記者，並從事數位內容創意開發。多次獲時報文學獎、聯合報文學獎、中央日報文學獎、台北文學獎、台灣文學獎，以及林榮三文學獎新詩首獎，二〇〇六年度詩人獎、第四十五屆吳濁流文學獎新詩正獎、入選九歌版台灣文學30年菁英選之新詩30家、新聞局數位金鼎獎等。著有詩集《一枚西班牙錢幣的自助旅行》、《不可能；可能》、《長得像夏卡爾的光》、《除了野薑花，沒人在家》、《靜到突然》、《雨天脫隊的點點滴滴》；散文集《蘋果香的眼睛》、《如果MSN是詩，E-MAIL是散文》；圖文詩集《油菜花寫信》、動畫童詩繪本《騎鵝歷險記》和《字然課》、美術詩集《詩與藝的邂逅》；編有《Dear Epoch——創世紀詩選1994~2004》等。

詩與括約肌

隱匿

不用力是不行的
太用力是不行的

沒天分是不行的
只有天分
也不行

心存僥倖是不行的
全心全意
也不行

如何能夠控制它？
如何能夠解放自己？

在那小小的
方寸之間

在那鋪滿了落葉的
小巷子裡
一隻野貓輕輕鬆鬆

為這個乏味的世界
留下了一首詩

如果要票選最難寫進詩裡的意象，「括約肌」就算不是第一名，應該也排得上前三名吧？被鴻鴻喻為「河邊的辛波絲卡」的隱匿，卻偏偏做到了！

正如辛波絲卡，隱匿的詩，往往也在直白中包含無限陰影，即令順暢地念出那些字眼，還總忍不住懷疑自己：事情當真只有如此？那些我們視為理所當然的說話，在隱匿的詩裡，反覆進行了邏輯辯證。

維基百科這樣說明：「括約肌在收縮時能關閉管腔，舒張時使管腔開放，平時經常處於收縮狀態。」其中尿道和肛門的括約肌，都接受意識的控制。於是，收放之間，詩人要面對的是什麼？

「不用力是不行的／太用力是不行的」。隱匿這樣破題。我們腦中，忍不住開始運轉：嗯，那畫面說的到底是什麼啊？再往下讀：沒有天分的話，詩大約是寫不好的，不過，缺乏控制括約肌的天分，恐怕事情也會變得很糟呢。當然，我們也都知道了，太想全心全意地寫詩，或控制括約肌，都可能會得到反效果。

到底該怎麼辦？愛以小貓為師的隱匿，果然不負本色。在小小「方寸之間」，無論是詩，或者括約肌，都很需要如同野貓那樣無入而不自得呀。

隱匿　寫詩人、淡水有河book書店女主人。出版詩集《自由肉體》、《怎麼可能》、《冤獄》；編著《沒有時間足夠遠——有河book玻璃詩2006～2009》、《兩次的河——有河book玻璃詩2010-2012》。

成為雪

吳奇叡

環視身旁風景
輕嘆一聲：
冬天了。

時陰時晴的莊園
你靠近它，伸手摸它
空氣逃往有陽光的南方
於是溫度驟降

花的氣味

花的名字
和去年此時一樣
踏上枯葉
卻不發出聲音
你是沉靜的事件。無可避免
成為雪

筆記／吳岱穎

吳奇叡的詩作神祕而沉靜，有著極為特別的質地。這首〈成為雪〉所展現的，是一種飽滿的憂傷。全詩看似摹寫實景，其實是詩人內在的心象，勾勒精神境界與情緒狀態。此一境界與狀態，便環繞著「雪」的意象展開。

全詩開始於一聲歎息。這個聲音在環視四周風景之後，說出「冬天了」三個字，但實際生活於台灣的我們，其實很難從「風景」判斷季節。詩人以飽含憂傷的語調，明確標記出冬日的存在，其中蘊藏著某種潛在的心理動因。

這個因素從第二段開始逐步展現，它首先表現為一座莊園，陰晴無定，但當詩人靠近、觸撫，卻感覺空氣「逃逸」離去。失去空氣，豈非就是一種「窒息」感嗎？陽光在南方，不在此處，也就表示溫暖美好此刻並不存在，這是「失溫」的狀態，也是寒冷孤絕的狀態。

第三段提到花「和去年此時一樣」，看似是美麗的，然而冬日不應有花，詩人以語言為陷阱，暗示情緒的低落。這種存在感的喪失，表現在第四段「踏落葉而無聲」的沉靜上，自己終於「無可避免」地成為雪。那不是純淨美麗的白雪，而是冰冷、輕薄且失重的感受。

這首詩婉轉曲折，藉景抒情。閱讀它，我們似乎也能感受到詩人心情的寒涼了，不是嗎？

吳奇叡　一九七八年生，成長於高雄，陽光與鋼鐵共構的城市。水瓶座。高雄中學、師大國文系畢業。曾獲高雄打狗文學獎、文建會詩路網路年度詩選入選、師大長干文學獎等。創編《流體》詩刊。在生活中感受溫暖，在書寫中尋求安穩，即使時間逝者如斯，仍然執著相信，停泊於文字的每一個片段，有愛流動。

耳環

何亭慧

這是：
我擁有的第一隻蝴蝶
——因為她的死亡

在大賣場，「春風」攏聚的山巒
她選擇一朵金黃的印花落腳
看起來，仍在採蜜。
抽取一張裹屍布為穿透
交易的防線
蝴蝶，歸來我陰鬱的房間

睡在
我種植曇花的枕上
翅翼像微開的綢扇
夏夜裡，網住淡墨的星點

折碎的玻璃雨絲
曾經漫步在每座光的階梯
飛舞是輝煌的掌聲，已歇止。
小心拉開——纖弱的
花瓣隨即緊閉——以死亡
特有之堅韌

不容違抗。
我聽見緊鎖在蝶翼裡的閃電
比白晝更亮的
鞭影，那

關於愛或無關於愛的種種
生命的苛責

腐敗與美中間
數數曇花之月的升落
我戴著蝴蝶做成的耳環走向街心
她在空中
保持平衡
通過一台台收銀機

風貫穿過傷口連起的隧道
吹極小但響亮的哨音
我於是斂起翅膀
像一隻鐘擺懸掛在時間的耳垂上

至少有三隻蝴蝶，在何亭慧這首〈耳環〉詩裡穿梭。其一是蝴蝶耳環，其二是停靠在名為「春風」的衛生紙 logo 上的蝴蝶，最後，就是棲在時間耳垂上、鐘擺般往來與生死兩端的詩人自身。這一繁複隱喻，遂成為詩中令閱讀者費解又著迷的造景。

破題就很驚人，「這是：／我所擁有的第一隻蝴蝶／——因為她的死亡」，誘引我們思考：「擁有」（或者購買）和「禁錮」的關聯？一隻蝴蝶形狀的耳環，在停止被打造的瞬間，一方面是精工的完成，一方面是否亦代表某種死亡的發生？

在「我陰鬱的房間」裡，蝴蝶們俱在，「我種植曇花的枕上」，那些夜半開、天明去的萎夢，能否「網住淡墨的星點」？因為談及死亡，潔白的衛生紙便似夢的裹屍布，蝶翼纖弱如花瓣，卻又展示著超乎想像的堅韌——一如死亡。

在種種「不容違抗」的命運中，「緊鎖在蝶翼裡的閃電」仍堅持要在白夜裡放光，就像做為一名詩人，領略種種生存的腐敗與美，耳垂繫一隻蝴蝶耳環走向街心，便可以「保持平衡」，順利「通過一台台收銀機」。究竟，「她」（既是那耳環，也是詩人）是在資本主義社會中成功倖存了，抑或是一心一意，只願走向最中意的買家（讀者？），我們不得而知。

只知道，生活的前進，是一條「傷口連起的隧道」，那些「生命的苛責」無從閃躲，何亭慧用詩把自己變成一隻淋過玻璃雨絲的蝴蝶，卻終究不是真的蝴蝶，只是一隻被繫在時間耳上的蝴蝶耳環，此對於生命的辯證，當不亞於莊周夢蝶，並且純然女性。

何亭慧　一九八〇年生，中壢人。元智大學中語系、東華大學創作與英語文學研究所畢業。曾任職出版社、中央社。獲多項文學獎，著有詩集《形狀與音樂的抽屜》、《卡布納之灰》。

文旦頌

焦桐

我想像是那直來直往的日光激情了整個夏天
輕撫到皮膚變了顏色，我想像
是專注的露水擁抱每一夜
豐滿柔嫩的身體，
不懼怕風雨來謠言。

我總是嚴冬時就開始預約
秋天的身影。今天
街頭巧遇，渴望
聽見你的消息如

遲疑多情的花訊，長鑴
心頭的那句話，等待
你的體香支配我的呼吸——

等待如宿命，又酸又苦又漫長，
實在不堪再等下去了，
綠葉在風中眷戀著香花，不堪
夏日太熾烈的狂吻；
椿象和果蠅在夕陽中留下
一些記憶的齧痕。
難以保存的青春期，等到
風韻更成熟，比秋月
溫柔，比深夜更深沉的
懊悔，膚色也失去了光滑和彈性？

等待的故事是

時間的陷阱，
越老越甜蜜的嘆息，
很快就過了走味的後中年
甜美中透露出微苦，
壓抑的手勢變成了告別的身姿

●——○ 筆記／吳岱穎

詠物詩的傳統可以上溯至先秦。在楚辭之中，屈原的〈橘頌〉為南方之嘉樹賦予高尚的品德，那是一種作者內在的投射。然而焦桐的這首〈文旦頌〉，卻是以多情的想像，為這一顆秋節佳果描形賦色，增添撩人食欲的風情。不談道德，不作高尚無端的遐想，單單純純就是文旦熟化的過程，只要充滿詩情，就能讓這個過程變得美麗。

詩人以兩個想像開啟這首詩：夏日激情的陽光，以及專注擁抱的露水，一日一夜，培育文旦的皮色與豐滿多汁的內裡。夏秋之交本多颱風，風雨可能影響文旦收成，但詩人說自己無懼於此，那或許是對於飲食的美好想像所提供的勇氣？

在秋節市場上，麻豆頂級的老欉文旦總是千金難求。詩人說自己從前一個冬天便開始預約，看似是尋常事，但當他巧遇新上市的文旦於街頭，知曉季節已至，便渴望如春花美好的「訊息」，等待被「體香支配呼吸」。我們當然知道品食柚子，那強烈的香氣會留在我們呼吸之中許久，但詩人以對待情人的方式對待食物，眷戀纏綿、繾綣難離，如此情意，無怪乎可以成為品鑑食中真味的美食家了。

焦桐　一九五六年生於高雄市，已出版著作包括散文《我的房事》、《在世界的邊緣》、《暴食江湖》、《臺灣味道》、《臺灣肚皮》、《臺灣舌頭》、《滇味到龍岡》，及詩集《焦桐詩集：1980-1993》、《完全壯陽食譜》、《青春標本》，童話《烏鴉鳳蝶阿青的旅程》，論述《臺灣戰後初期的戲劇》、《臺灣文學的街頭運動：1977~世紀末》等三十餘種。編有年度飲食文選、年度詩選、年度小說選、年度散文選及各種主題文選五十餘種，二〇〇五年創辦《飲食》雜誌，並啟動台灣的年度餐館評鑑工作，任評審團召集人。

六
格瓦拉不思議

格瓦拉不思議

吳岱穎

格瓦拉不知道，原來生命
可以這麼輕，這麼薄，這麼
柔軟而順服，緊貼著少年Ａ的左胸
在一件棉質連帽外套上。在這裡
格瓦拉捨棄了自己的理想與
熱情，放棄玻利維亞的革命
不說話，也不讀自己手抄的詩集
和正在發呆的少年Ａ一樣

但少年Ａ不認識格瓦拉，雖然

他有著與格瓦拉一樣的單純
信仰著愛與正義，渴盼
真正的自由。他剛剛剪了新髮型
路過東區的潮店，在ＢＳＸ的專櫃
看見這件灰色連帽外套，掏錢買下
失去悲喜哀愁的，Ｑ版的格瓦拉
彷彿遇見了另一個自己

格瓦拉不知道自己將在未來的幾年內
一次次被投入洗衣機，反覆搓揉破碎
洗之又洗，曬之又曬
直到沒有人知道那殘破的圖樣也曾經
年輕過，愛過，沉迷於革命
像一首纏綿的情歌

●——○筆記／孫梓評

擔任高中教職的吳岱穎，企圖以一系列詩作描繪他所見「少年群像」，此為其中一首，情調和他過往詩作有異，帶著解構與後現代氣味的角度，寫出生命中不能承受之「輕」。

全詩以一件左胸口繡有Q版格瓦拉肖像的BSX灰色連帽外套做為主要意象。點開BSX網頁，品牌介紹一欄寫：年輕潮牌以切．格瓦拉為核心概念，提倡「Victory or Nothing」永不認輸的精神……

二十一世紀的少年A，「捨棄了自己的理想與／熱情」，和Q版的格瓦拉一樣，「放棄玻利維亞的革命／不說話，也不讀自己手抄的詩集」，明明兩者都有類似的單純，都「信仰著愛與正義，渴盼／真正的自由。」但少年A手中最大程度的籌碼，卻只能是改變髮型。

這樣一名終得漸漸長大的少年，和他左胸口那個Q版格瓦拉，是否獲贈了相仿的命運？「在未來的幾年內／一次次被投入洗衣機，反覆搓揉破碎／洗之又洗，曬之又曬／直到沒有人知道那殘破的圖樣也曾經／年輕過，愛過，沉迷於革命」。社會是一台巨大的洗衣機，每一天的反覆搓揉，都逼著我們褪色——若少年A讀到這首詩，不曉得會否也決定別一朵太陽花，從家裡出發，前往街頭為自己靜坐？

捨棄「柔軟而順服」……「讓想像力奪權」。

吳岱穎　一九七六年生，台灣花蓮縣人，師大國文系畢業。曾獲林榮三文學獎、時報文學獎、國軍文藝金像獎、教育部文藝創作獎、花蓮文學獎、後山文學獎、全國學生文學獎等。曾獲全國語文競賽中學教師組作文第一名、朗讀第一名。著有個人詩集《冬之光》、《明朗》，與凌性傑合著《找一個解釋》、《更好的生活》，合編《青春散文選》。現任教於台北市立建國中學。

我相信許美靜

郭品潔

我相信有一封未具名的邀請卡來自西伯利亞。
我相信在鹽上跳舞最好兩手空著。
我相信安娜．阿爾卡季耶芙娜。
我相信越是不相信生命的人，對生命越是一絲不苟。
我相信荻金生說的：我不會有肉體的子嗣，但我有神聖的安慰。
我相信第凡內早餐的臺詞：一個女人不塗上唇膏是沒辦法讀東西的。
我相信北島的句子：我們愛失敗的人。
我相信答案可能來自上帝或冰箱，其他人則在這兩者之間浮沉。
我相信王碧碧寫的：在春光裏我仍然是個罪人。
我相信許美靜「需要一些回憶支撐空虛的身體」。

我相信讀心術也沒有用。
我相信有時口腹比靈魂更深不可測。
「這些零零碎碎的絕望，使生命充滿了卑微的冒險，
像一碗涼了的熱湯。」
我相信七月和窗口的類固醇。
我相信善良總是伴隨著失望。
我相信沒有了衣服，每個人看起來都不太正常。
我相信馬拉末說的：要犯錯很容易。
我相信歸咎給別人同樣很容易。
半瓶伏特加和手風琴，
星期二，雨天，我不會再親你了。
詩像愛，這一次做得再好，不能免除下一次。
我相信軟管的盡頭，我們又靠近了一點。

●——○筆記／孫梓評

排比產生力量，或者，像夏宇自米蘭．昆德拉那兒熔鑄的：「他知道重複可以讓我幸福。」郭品潔的這首詩，也有類似效果。全詩有大量典故，詩題裡出現的流行樂女歌手許美靜，大家是否還記得？

細究每一個典故，有詩有歌有小說，但一首好詩，該是剝除了那些暗碼，還能保有整體精神軸心。像亂針刺繡，又像隨意的聯想，這些適合朗讀出聲的詩行，仍可隱約捕捉到關鍵字：生命。肉體。子嗣。失敗。上帝。冰箱。罪人。回憶。靈魂。類固醇。善良。犯錯。歸咎。重組這些，我們彷彿看見一個在生活裡自我質問的人，美的信徒，失效的戀人，擁有平凡的飢餓，倚賴某些藥物，但時時測量體內善的水位。詩句裡有溝通和原諒的企圖，想脫去那些偽飾，讓意志裸裎，也像一篇另類履歷表。

在良好的音響效果之外，不能忽略的自然還有末尾幾句，從固定句法蕩開，「半瓶伏特加和手風琴，／星期二，雨天，我不會再親你了。」酒的滋味交織手風琴，雨的畫外音，是一場到了盡頭的戀情？「詩像愛，這一次做得再好，不能免除下一次。」哀愁的眼神並未真正被吹滅。因為，長久來看，「我相信軟管的盡頭，我們又靠近了一點。」生命。肉體。回憶。等待被通過，殊途同歸。

每當下雨，我們經過有庇護的黑暗，不會忘記：「謝謝你，隧道。」

郭品潔　一九六五年生，台灣屏東人。郭品潔認為詩的主要任務既非「立法」亦非「詮釋」，詩是見證者——於無所不在的危機當中見證那終歸於無的沉默。著有詩集《讓我們一起軟弱》、《我相信許美靜》，譯有《簽名買賣人》等數本小說。〈我相信許美靜〉收錄於同名詩集（台北：蜃樓出版社，二〇一〇年九月）。

她像湖╲他像虎

葉覓覓

他的臉是抹布╲她的頭皮是鼓
他庸俗╲她糊塗
他專門織布╲她負責說不
他鎖門╲她作文
她說虔╲他說牆
他上船╲她上床
他的旁觀很涼╲她的膀胱很苦
他姓胡╲她姓盧
她叔叔的玉蜀黍無數╲他的姑姑照顧金針菇
他孤獨╲她虛無

他家的壁虎太跛扈╱她
她的羅曼史寫到第五部╱他
他有一口井╱她有兩面鏡
他要死╱她要鑰匙
她開鎖╱他沒死
他繼續╱她積蓄
她打算買一座廢墟╱他想換一件衣服
他被驅逐╱她被祛除
他說馬的╱她說馬的眼睛真夠土
她說你娘咧╱他說你娘咧嘴又打呼
她招來霧╱他感到荒蕪
他練習新舞步╱她熱愛走路
她像湖╱他像虎

● ——— ○ **筆記／孫梓評**

在一個詩歌節聽過葉覓覓現場朗誦這首不斷押韻的詩，效果奇好。我猜想，一方面當然是這「一人分飾二角」的劇碼逗趣可愛，二來是葉覓覓詩作裡完全自由活潑的想像力，總像她的詩集名稱一樣，將我們「越車越遠」。

他與她，男與女，一來一往，雙人探戈，桃花過渡。

在這些不斷對位的敘述中，葉覓覓有機地勾勒出兩人形象與性格。我們知道一個姓胡一個姓盧，一個庸俗又孤獨，一個糊塗又虛無。一冷，一熱。

詩中羅織出一些必要或不必要的細節。比方說，我們真的需要知道兩位的叔叔和姑姑從事什麼行業嗎？但正是這些「岔出」，像我們持續悲傷或憤怒時，總有不相干的打擾，現出突梯，而更顯真實。此外，藉由想像的跳躍，有效地讓男人和女人的面目清楚：我特別喜歡中段略有設計的停頓，「他家的壁虎太跋扈／她／她的羅曼史寫到第五部／他」，在那交錯之中，讀來似乎她比他家的壁虎還跋扈，然而這戲分之所以能持續，卻也因為他是她的第五部羅曼史。

所以「他要死」的時候，「她要鑰匙」去開鎖拯救，誰叫他只有一口死心眼的井，她卻有兩面看事情的鏡。莫怪乎，他像虎，在自我的囚籠練習新舞步；她像湖，「她招來霧」。

葉覓覓　一九八〇年生，台灣嘉義人，東華大學中文系、東華大學創作與英語文學研究所、芝加哥藝術學院電影創作藝術碩士。以詩錄影，以影入詩。夢見的總是比看見的還多。曾獲中央日報文學獎、教育部文藝創作獎、聯合文學小說新人獎、國語日報兒童文學牧笛獎、義大利羅馬影像詩影展最佳影片等。著有詩集《漆黑》、《越車越遠》，以及中英對照小詩冊《*His Days Go by the Way Her Years*》（美國，Anomalous Press）。

七傷拳

唐捐

這七傷拳不練也罷！每人體內，均有陰陽二氣，金木水火土五行。心屬火、肺屬金、腎屬水、脾屬土、肝屬木，一練七傷，七者皆傷。這七傷拳的拳功每練一次，自身內臟便受一次損害，所謂七傷，實則是先傷己，再傷敵。我若不是在練七傷拳時傷了心脈，也不致有時狂性大發、無法抑制了。

——金庸，《倚天屠龍記》

A

鴨扁四年，秋，十月。我接獲忠興 2389 號
教育召集令，回鍋客串一名可愛的應召員

我生疏地看著疲弱的身體在迷彩服裡重組
半熟的豬頭在鋼盔裡溫習，早已揮發的守則
喔，誰賦予他們這樣蠻橫的力，如鬼神之旨
遙遙招我，回到學弟——
像一隻蒼蠅被塞入牠孑孓時代的舊殼
在軍營的黑池塘上漂浮五天半，終於在
「如何以 Internet 進行心戰」的實作演練裡
掉入金庸群俠傳 On Line 之決戰光明頂

（應召員應注意依妨害兵役治罪條例第六條規定意圖避免教育召集無故不到者處三年
以下有期徒刑冒名頂替依法究辦應召員報到時請穿著整齊嚴禁穿短褲拖〔涼〕鞋以
維軍紀〔容〕另為維護軍營安寧與軍事機密操課期間嚴禁使用或攜帶大哥大呼叫器
及照相機等並由單位統一保管解召前再發還）

我像離魂歸來的倩女，害羞地操作自己的手腳
滑鼠漸漸（疼痛地）接契著神經，搖桿取代了

骨骼，電流與聲波終於貫通了血脈，可以
涉流登高，動心忍性，與無情天地決一死戰
但「而立」許久因而立不起來的我，在此
竟是江湖的菜兵，金錢300學點125實戰10
名聲1善惡0，揚州城外遭遇四名盜匪
我急急使出專門用來欺負小黃兔的瘋貓劍法
卻在七秒內散盡了精與氣，終究被砍成豬排
一旦回神，天壽囝仔已偷去我的裝備和屍骸

B

請前輩教我七傷拳，人間最抒情的武功
血戰之際，五臟六腑要陪地球一起疼痛
那是神祕的交感，主與客的危險互動
己欲傷而傷人，己欲爽而求人與之同爽
像巨鱷艱難地抱住另一隻（敵人兼情人）

相愛而且相害，至死方休。請前輩
教我七傷拳，我願意付出所有的裝備
賭上健康、財富以及上線三年的經驗值
只為了獲取這神祕的武功，悲壯的
器官詩學。在心臟裡點火，在腎腺上蓄洪
以絕世武功，逼神明解散祂們的幫派
以身體的傷敗，換取欺人的江湖的滅亡

（江湖是一套設計完美、體系複雜、銷路暢通的遊戲軟體，軍隊是另一套，學校也是。一旦登入帳號，你就能體驗世界建構的虛擬歷程：食物體系決定了精氣神的指數，寶物關乎神功，百藥治療心靈的運動傷害。武器就是品格，金錢是權力，衣飾實乃人類靈魂的外顯……。但這些還遠得很，學弟，你得先學習從十粒米開始的布衣生涯。）

在山神廟（座標1200, 1475），我遭遇今夏最
最可怕的敵人，暱稱「亂世狂刀愛砍人」的

玩家。我火速勒令所有的血液退回心臟
使心肌因充血而脹痛，因脹痛而噴出一道
濃稠的掌風。那風，使三棵松樹莖脈盡斷而
表皮無傷。死敵不死，竟用化骨綿掌化去攻勢
且以九陰白骨爪罩向我的豬頭，我七孔流血
前出屎，後出尿。但劇痛係本派家常
重傷實吾黨便飯。譜曰：「全身被打爛，七傷
最酣暢。」我乃拾起破碎的睪丸，塞回陰囊
以最強最強的內力，震傷海綿體。這時
天旋地轉，惡魔猛獸，也不得不與我同病共傷

C

昔年在江南，楊柳依依的姑蘇城外。我播下
僅有的十粒米（系統設定菜鳥配備），一夕間
結實纍纍，換得第一筆財富。從此我奔走於

武館、鏢局與驛站之間，拚命累積施暴的能力
渾然忘記青春、詩和美夢（喔，我曾是枕著
《水之湄》的楊派詩人）。江湖夜雨，一燈
如痘。不知怎樣怎樣，忽然就樹敵成林，造孽
成江，直到懷抱滿腔仇恨來到冰火島
恩師教我，施暴與受虐原來相輔相成，痛與爽
乃是一紙之兩面。我因徹悟而含淚出涕遺精
從此愛上了傷身傷神傷慧命的七傷拳，把人
帶入抒情剎那的七傷拳，同體大悲的七傷拳

●——○筆記／孫梓評

唐捐一記《金臂勾》，既破絕了詩歌的抒情傳承，對照他的個人創作，也有相當程度的「自廢武功」（喔，我曾是枕著／《水之湄》的楊派詩人）。一如此詩引言金庸所寫，「所謂七傷，實是先傷己，再傷敵。」能傷己，因為自知，能傷敵，因為知敵。所以這傷害本身

就是一種建設，放進詩歌歷史來看，亦是創造性成就。

看似嬉笑怒罵，亦俠亦謔的詩句，暗藏對政治的批判，社會的觀察，制度的反省，用來「致學弟」的〈七傷拳〉，以教召令綰合網路遊戲，古典情境與現代科技相成，看一名廣義的「江湖的菜兵」泅泳茫茫網海，再度成為「學弟」；「一燈／如痘」好傳神繪寫出視窗前那張不認輸的臉，如何「以身體的傷敗」和他人「相愛而且相害」。當然我們也無法不驚覺，詩裡那名奔走於「武館、鏢局與驛站」的他，實在和今日穿梭於學校、保全公司與車站的眾多學弟們並無二致。

也正因為有一腔熱血兼幽默體質，才能直視世情最黑處，「含淚出涕遺精」且孤獨地練就「帶入抒情剎那的七傷拳，同體大悲的七傷拳」。

那是如得其情之人，至溫柔的慈悲。

唐捐　一九六八年生，台灣嘉義縣人。國立高雄師範大學國文研究所碩士、國立台灣大學中國文學系文學博士。現為國立清華大學中國文學系副教授。出版詩集《意氣草》、《暗中》、《無血的大戮》、《金臂勾》、《蚱哭蜢笑王子面》，散文集《大規模的沉默》、論述《王荊公金陵詩研究》、《現代漢詩的魔怪書寫》，編纂《當代文學讀本》、《臺灣軍旅文選》等多部。

一般生活

楊佳嫻

他體內有毛線
他體內有敗絮
他不慎把壓舌棒吞了下去
他剛剛被踩過
他是舊的
他的臉溼潤糾結
如剛剛被貓吐出

他拆過別人的牆
他封死過自己的窗戶

無人時刻，對著鏡子表演
如何快速拆卸假眼
樓梯上他總是踩空
總是妨礙發電

他定時清理沙發底下
毫不意外地撿到左腳拖鞋與
扳手
鎮定地鎖好
最靠近心臟的那顆螺帽

筆記／孫梓評

第一次讀到這首詩，在香港獨立雜誌《月台》，眼睛一亮。

誠然，近年楊佳嫻詩作愈見克制與謹慎的美。優秀的音樂性。準確而豐富的意象。慧黠的用典。但沒有讀過她這樣寫詩。全詩簡潔，將形容詞減至最低，而近乎貝克特戲劇裡，藉由荒謬探索存在荒涼。

第三人稱的「他」是舞台上的獨角，第一幕赫然就動用了內視鏡，先照出他體內成分：毛線，敗絮，壓舌棒。那些原可能用來織就情節的線索，乃是失敗素材，連要好好發聲都不可得，索性將那箝制的扁棒吞下。也就難怪，他看起來是舊的，像剛被貓嚼過。

這一切怎麼發生的？鏡頭俯瞰他的房間，「他拆過別人的牆／他封死過自己的窗戶」，在人間關係上，這已是最大程度的孤絕吧？只剩鏡子願意看他表演——反正他用來看待世界的，不過是一雙假眼。他不僅無法順利上樓（絆腳石？），還阻礙別人發電（絕緣體？）。這時我們幾乎可以確認，詩裡如此冷靜搬演的，是「過於喧囂的孤獨」。但詩人還不肯鬆手，鏡頭還要靠得更近：看他如何在記憶的沙發底下，找到工具，鎖好隨時可能鬆動的心臟。

詩人看似冰冷地為當代社會某公寓某男子寫生，卻更易使讀者陷溺：可憐身是眼中人。

楊佳嫻　一九七八年生，台灣高雄人。台灣大學中文所博士，現為清華大學中文系助理教授。著有詩集《屏息的文明》、《你的聲音充滿時間》、《少女維特》、《金烏》，散文集《海風野火花》、《雲和》、《瑪德蓮》，編有《臺灣成長小說選》、《港澳台八十後詩人選集》（與鄭政恆、宋子江合編）、《青春無敵早點詩：中學生新詩選》（與鯨向海合編）、《靈魂的領地：國民散文讀本》（與凌性傑合編）。

即興曲

陳思嫻

回收一疊記憶
不可燃燒，塑膠類金屬音質

螞蟻挖洞在舌尖
咖啡安全滑過　高八度糖分測驗

紗窗外，貓步數著拍子覬覦
白毛滑鼠趴在書桌，夜色顫慄

書架空等我的逾期未歸

知識交叉，躍過　理論與規矩

退稿信件摺入頑童的口哨
一架紙飛機　爬升，稍稍凌空於是降落

立可白搖晃用盡
文字的粉刺改用左手持筆，緩慢壓擠

尼采嗑食頭痛藥安眠了嗎
上帝不再憐憫當悲劇轟然誕生

包法利夫人寫實福樓拜出軌的分身
我的愛情允許續集，翻頁快速

褐髮奔跑從髮夾疏漏
陽光溫柔爬梳，反覆　反覆

星砂閃耀一瓶罐透明的綠島
銀河洗浴兩小節夏日笑聲

引力拉扯時間，偏離　行事曆的軌道
生活在黑白鍵上彈奏即興

星期五早起，避免　黑色裝飾
晨霧降下祕密，遵守恬靜，Tranquillo

義大利文，你翻查不到
我樂譜上的術語。不慣用於口頭問候

●——————○　筆記／孫梓評

即興曲不像幻想曲那樣自由奔放，謹守抒情，服從那「樂譜上的術語」：Tranquillo，姿態寧靜地展開。

正如即興曲或因某種創作動機的偶發，整首詩的彈奏，也有類似音感，好像指尖輕敲著黑白鍵，兩行一段，書寫者浮想聯翩。

樂曲的主題，應就是生活本身吧。透過詩的折映，從腦中那「塑膠類金屬音質」的回憶，跌入真實世界：桌上的咖啡是早起的飲品。白色滑鼠指揮著一疊不要的舊事往垃圾桶去。退稿信以輕快的眼神，射紙飛機一般送走。房間裡的書架，書何其多，詩人卻偏偏挑選了兩本：《悲劇的誕生》、《包法利夫人》。視線繼續巡邏，那一罐來自綠島的星砂，會是「允許續集」的「我的愛情」的前傳嗎？

視線停駐的那一瞬，彷彿感受到「引力拉扯時間」。

但詩人不打算透露更多了。

不打算透露，星期五的早晨，因何事早起？不打算透露，避免黑色的裝飾，是為了怕誰看穿記憶剛完成一次埋葬？

讓「晨霧降下祕密」，「不慣用於口頭問候」的詩人，只願遵循樂曲紀律，靜靜的，不說出任何一句可能的哀愁。

陳思嫺　一九七七年生，台灣台中縣人。靜宜大學中文系、南華大學文學所畢業。曾獲第五屆台中縣文學新詩獎、竹塹文學現代詩獎、第二屆林榮三文學獎新詩首獎等。曾任職於國家台灣文學館（《通訊》編輯）、國家文化藝術基金會，亦於報社副刊擔任編輯、藝文記者。

和前女友相約去聽演唱會

王志元

為什麼我得急著買雙新鞋子呢
她說她處理好了她的寵物
寵物這半年來對居家生活漫不經心
我說這是常態啦，自由
也不見得永遠都那麼樂觀
而且逛了那麼多家店我還掛念著尺寸

我們討論了許久懷舊以及可能的
表演曲目之間的關聯（這通常是保密的
為了讓所有人都能期待）

她會穿怎樣的裙子呢
還是只想讓我在操場和她的影子玩
你追我跑的遊戲
但那已經是十年前的事了。她問
當天晚餐該吃什麼
於是我得找家適合的餐廳。那餐廳
必須有時鐘而且桌布不會垂地
接著就搭捷運吧
漆黑的窗外總延伸著各種隱喻——
可是我會穿高跟鞋，她說
噢，高跟鞋，那就得找輛車子
也許車齡很新，但我似乎曾經
在裡頭反覆聽同一首歌
這她聽了倒是笑了。隨著音樂搖擺
她碰到了我的肩膀

我拿著螢光棒甩啊甩地突然就決定吼著問她：
「所以這些年來妳還好嗎？」
好死不死曲子剛結束準備換下一首
周圍的人看著我，五個因為這些年來
五個因為妳還好嗎

這些年來，那歌手只發行過一張精選
其餘時間都在內地巡迴演唱
每次上台都會唱那首成名曲
照海報上寫的：替許多人的過往留下痕跡
而她沒表示任何意見

只是在回頭時不小心踩中我的腳
剛好是間奏那歌手伸出麥克風說跟著一起唱
但想起歌詞與愛有關
我們便覺得非常尷尬

● ——— ○ 筆記／孫梓評

王志元的詩亦冷亦熱，冷冽時，讓我想起特朗斯特羅默，帶著熱情時則幽默，比方近乎極短篇的這一首，溢出敘事的驚喜與神采。

這年代大家都聽演唱會吧？演唱會現場，故事不只發生在台上，台下那些注視歌手的臉龐，往往寫滿更多鏗鏘的情節。

光題目，就是一場好戲——和前女友相約去聽演唱會，那些歌裡不可能沒有彼此陪伴的時光（「懷舊以及可能的／表演曲目之間的關聯」）。如今身分更易，為什麼她偏要交代「她處理好了她的寵物」；為什麼「我得急著買雙新鞋子呢」，不就是看個演唱會嗎，案情不單純。儘管「已經是十年前的事了」，「我」卻顯然還記得她愛穿的裙子，只是忽略：她早換上高跟鞋，一腳跨入另一個世界。

總算演唱會開始，鯁在喉頭的問句可以順利吐出：「所以這些年來妳還好嗎？」本想藉嘈雜聲響掩飾的問候，卻因為樂曲空檔的安靜更顯突兀。

我喜歡此時，詩裡不交代他和她「這些年來」做了些什麼，而去解釋那歌手做了什麼。歌手沒有新作品，只有成名曲，就像當愛已成往事的兩人，最美的作品早已下架，要再一次合唱愛情，就跟不小心踩到對方的腳一樣尷尬。

王志元　畢業於東華大學創作與英語文學研究所。喜歡觀眾少的棒球比賽、獨奏的爵士樂手、廉價威士忌，和可以反覆背誦的句子。二〇一一年出版詩集《葬禮》。

未曾去過遠方

張繼琳

未曾去過最遠的地方
於是買了一張世界地圖
在畫有酒館的地點
正盛產小麥、葡萄
說法語。

通常，有心事的人較醉心於旅行
和練習外國語言腔調音階
或問路，投宿一家播放色情片的旅社
撥長途電話給舊情人

通常，不刮鬍子的男人最懂流浪，吹口琴
戴一頂草帽，養一隻老狗，在大街望著櫥窗內麵包。

未曾去過最遠的地方
通常，語言不靈光
貪生怕死
想買一棟屋子住下來，種盆栽。

通常，寫小說的人，不喜歡睡覺
愛低頭走路，踢石子
同時不喜歡穿雨衣，寧願濕淋淋
雲掩埋了城市。

一般說來，未曾去過最遠地方的人
怕冷，心裡裹藏祕密

坐在公園鐵椅，冷清餵鴿子
沒參加過任何一場戰役。

●———○筆記／孫梓評

如果可以買票去一個詩人的詩裡玩，我最想去張繼琳的詩裡一遊。總覺得，他所寫生的時空，比「當下」更遠，比「此地」更遼闊；詩裡的「我」，縱使憤怒，沒忘記保有純粹與善良，且人與獸共存在神鬼都熱愛的村莊。

韓波的名言，「生活在他方」。那樣的騷動，一代代繼承給新的詩人，因此，「未曾去過遠方」，是否就將緣慳於更好的生活？大概亦有類似焦慮，索性，「買了一張世界地圖」，想像離開的可能性。焦慮之所從來，或許可從詩裡坦白從寬的四個「通常」窺見——看似藉著最大公約數淡化赤裸自我的擔憂。於是，按圖，在原點索驥，假裝去了說法語的地方，用「外國語言腔調音階」問路，還「投宿一家播放色情片的旅社」，待在陌生床上，腦中播完往事，仍決定「撥長途電話給舊情人」——繞了一圈還是回到「老地方」。

未曾去過遠方，太多不好說的理由。比方可能因為「貪生怕死／想買一棟屋子住下來，種盆栽。」這樣羞於啟齒的渴望，並非不嚮往異地風景，而緣於「心裡裏藏祕密」。那祕密，可能是一個珍重之人，可能是種種關係的捆綁，可能，說穿了只是苟且的幸運：「沒參加過任何一場戰役」。

張繼琳　一九六七年生，台灣宜蘭人。文化大學美術系畢業。曾於台北擔任廣告公司企畫，後於桃園從事教職，二〇〇〇年始正式發表詩作於報章雜誌。曾獲優秀青年詩人獎、台北文學獎、聯合報文學獎、林榮三文學獎、時報文學獎等。歪仔歪詩社成員、主編，現為壯圍國中教師。出版詩集《那段放牧的時光》、《角落》、《關於無敵鐵金剛的詩》、《關於女鬼的詩》、《午後》、《碎片集》等。

一個無名氏的愛與死之歌

——對 Bob Dylan 的五次變奏

廖偉棠

壹

如果我木立不動像一支路標你會帶我走嗎？
如果我吹起笛子像一個男孩在哭泣你會帶我走嗎？
你會帶我走嗎？鈴鼓手先生，如果你忘記了所有的歌。

你的聲音沙啞而快樂就像一面真正的鈴鼓，
它曾經在蘭波的非洲跳躍，美麗如瞪羚的舞。
我不想睡也沒地方可去，除非你敲響，除非你敲響。

我將會是隻被你忘記的醉舟，在旋轉，在旋轉。
如果我敲破了自己沉下了水底你會帶我走嗎？
我不想睡也沒地方可去，印地安人的高速公路插滿了我全身。

貳

「射他！快樂的印地安孩子們。」上帝對你的吉他說。
如果我能在哪裡睡下，做一個夢，那只能是在61號高速公路：
整夜我聽見我的回憶呼嘯而過，我的愛人們像星星墜落。
鈴鼓手先生，我殺了一個人，他只不過說他是我的兒子
可以跟隨在我的斗篷後面，為我的歌伴唱。
我殺了一個人，他只不過是在公路盡頭，拔出了我的槍。
那只能是在61號高速公路，我做了一個漫長的夢：
一隻黑鳥落在我的帽簷，變成一個女孩，咬破了我的嘴唇。

我殺了一個人，一顆染血的石子向我滾來。

參

是的，我曾經美麗而且唱著異鄉人的歌那又怎麼樣呢？
我曾經是一隻暹羅貓在樹枝上留下我的笑，
那又怎麼樣呢？她就像一塊滾石滾來，磨滅了我的名字。

我曾是那向她乞討她的愛情的乞丐，也是那騎著紅馬
忘記了自己要去的國度的外交家。
她就像一塊滾石磕碰出火花，是的，那又怎麼樣呢？

她現在是個大女孩了，就像牆上的一塊磚，
那又怎麼樣呢？我走在斷牆的下面，等待著黑雨降臨。
當子彈擊穿我的傘，黑雨充滿我的心，像純潔的血流淌。

肆

別擔心，媽媽，我只不過是在流血，呵呵呵……
你看我還能笑得這麼響！他們逮捕了我用更多的笑聲，
他們折斷了我的吉他，黑雨將他們的手洗乾淨。

那是一個卡夫卡的早晨他們把我在高速公路上叫醒，
那是一個甲蟲的早晨，他們把我無用的翅膀折斷。
別擔心，媽媽，我看見妹妹在她夢中的列車上歡笑。

我只不過是用監獄的烈火修補我的琴弦，
當他們把我像一個影子扔到角落時，我還能唱我影子的歌。
別擔心，媽媽，他們剝光了我的衣裳，卻為我打開了伊甸園的門。

伍

伊甸園之門有沒有果實在裡面，果實有沒有蟲子在裡面？
我只不過是想找一條溝渠靜靜的死去，他們卻為我打開了你的門。
好讓我去回憶，去品嚐，血紅的果實的滋味。

伊甸園之門有沒有天使在裡面，天使有沒有魔鬼在裡面？
我的審判被禁止旁聽，我的傷口被禁止申辯，
我嘗試為你唱一首麻雀之歌，那麻雀是一個天使被擊落。

現在我被獨自拋棄在黑雨下，我自由了。
伊甸園之門有沒有生命樹在裡面，生命樹有沒有死亡在裡面？
黑雨撲熄我唇邊的呼吸，像一個雨天吻我的女人……

筆記／吳岱穎

做為二十世紀美國最重要、最有影響力的民謠歌手，巴布．狄倫不僅僅被視為是六〇年代美國民權運動的代言人，他所創作的歌詞更以廣泛的關懷、哲學的高度與如詩的質地，受到無數人們的推崇。本詩即是一首向巴布．狄倫致敬的作品，作者廖偉棠在一篇文章中自言，這首詩的五段分別對應巴布．狄倫的五首歌曲。然而正如詩的副標題所言，作者對之進行了變奏加工，以歌謠體進行敘事，為現代詩開創了一種新的體裁。

全詩講述一個存在主義式的荒謬故事：一個沒有名字的流浪漢離開了愛人，在流浪的路上誤殺了自己的私生子，他因此遭到逮捕、刑求、審判，最後接受死刑。在這整個過程中，流浪漢回憶起自己的生命故事，包含著愛與迷惘，流浪的開端與終結，但可悲的是，他生命的風景卻是一片虛無，必須由死亡帶來自由。就像是作者曾說：「要聽懂他（巴布．狄倫）的歌，需要配備一書庫的二十世紀理想主義兼虛無主義精神讀物做為後盾。」想要理解這個故事，也必須從存在主義對整個二十世紀人類生命困境的批判入手，但那或許得靠讀者繼續努力了。

本詩另一個最明顯的特徵，就是民謠體式的結構。複沓的句法，繁複的音節，略帶口語的敘事手法，也頗為令人注目。或許中文現代詩的下一步，可以嘗試從各地民族音樂歌謠中找到新的養分吧。

廖偉棠　一九七五年出生於廣東，後移居香港，曾在北京生活五年。現為全職作家，兼攝影師、文學雜誌《今天》詩歌編輯。曾獲時報文學獎、聯合報文學獎、聯合文學小說新人獎、香港青年文學獎、香港中文文學獎、香港文學雙年獎、馬來西亞花蹤世界華文小說獎、創世紀詩歌獎等。被香港藝術發展局評為二〇一二年度香港最佳作家。在台出版的作品有：詩集《八尺雪意》、《黑雨將至》、《苦天使》、《波希米亞行路謠》；攝影及雜文集《衣錦夜行》、《我們在此撤離，只留下光》；攝影集《巴黎無題劇照》、《孤獨的中國》；小說集《十八條小巷的戰爭遊戲》等。

附錄

台灣新詩發展小史

林育德

一、台灣新詩的起點：三種路線

長久以來，學界對台灣新詩的「根源」發端，乃至「誰是台灣新詩第一位作者」等問題，均有不同考證與看法。其中最富爭議的，為中國五四文學運動與台灣新詩的關係，究竟是無關、承襲或間接的影響？更加複雜的，則是詩人寫作語言與語言背後意識形態及認同的根本差異。與其擇一，不如持較為開放的態度，對台灣新詩的發端期以宏觀的角度視之，觀察當時並行的三條寫作路線：

（一）、日文書寫：有別於中國文學傳統古詩的五、七言形式，台灣新詩的日文書寫路線以一九二三年由謝春木（追風）〈詩の真似する〉（詩的模仿）之四首短製組詩為濫觴。至三〇年代則有水蔭萍（楊熾昌）等人成立風車詩社並發行詩刊，這一批以日文創作的詩人展現高超的藝術成就，顯示了當時台灣新詩與中國五四運動白話詩的差異。

（二）、中文書寫：中文書寫路線與五四新文學運動密不可分，五四文學運動對台灣文學的啟發之火，可說是由當時在北平（北京）求學的張我軍所點燃的。張我軍於一九二五年出版台灣文學史上首本中文新文學詩集《亂都之戀》，正式開啟了台灣中文新詩的寫作路線。稍晚，《台灣民報》開設可發表中文新詩的版面，於是賴和、楊雲萍、楊守愚、楊華等詩人躍上舞台，與同一時期以日文新詩寫作的詩人互別苗頭。

（三）、台灣話文：台灣話文的書寫路線，起於三〇年代的「台灣話文論戰」，一方認為應在台灣現實下建設新的台灣話文，呼籲台灣文人用台灣話描寫台灣；另一方則認為台灣話無法成為文學語言，應普及中國白話文提升社會文化。但在日本殖民政府禁絕漢文的一系列皇民化政策下，台灣話文與中文書寫兩種路線均被壓制。台灣話文新詩雖僅有曇花一現的發展，卻為未來台語詩等鄉土語言新詩的登場，寫下了預言。

二、戰後台灣新詩：百家爭鳴的詩社風景

戰後的台灣新詩發展，最耀眼的當屬五〇年代紀弦領軍的現代派運動，論者謂此運動帶來了「新詩再革命」與「台灣新詩的重新起步」。戰後至五〇年代詩社爭鳴間的空窗期，銀鈴會及其刊物《緣草》、《潮流》則在文學史上扮演了不可忽略的角色，刊物語言中、日文兼有。銀鈴會橫跨戰爭前後，具體呈現台灣殖民地時期新詩的繼承與過渡，也讓陳千武、錦連、林亨泰、詹冰等詩人將日本前衛詩潮的影響得以轉化。銀鈴會因一九四九年「四六事件」與國府頒布戒嚴令而消亡解散，即使歷經兩個統治時空的動盪，寫作者仍以作品留下不屈的姿態。

一九五三年紀弦創辦《現代詩》，三年後正式成立現代派，宣告繼承戴望舒現代派詩觀的基本精神，同年提出著名的「現代派六大信條」——主張「新詩乃橫的移植，而非縱的繼承」，是台灣新詩發展史上首度標舉的理論。惟現代派雖具有信條與領導，但詩社同仁並沒有嚴格實踐，紀弦本人亦未終身奉行，現代派所倡導全盤西化的「橫的移植」，也招來眾多批判。不可否認的是，《現代詩》存在的十多年間，大力推進了台灣新詩的創造能量，紀弦也被視為現代派新詩最重要的旗手。

一九五四年誕生的藍星詩社曾發行《藍星詩選》、《藍星詩頁》，提出「縱的繼

承」，強調對中國文學傳統的吸收、轉化，在某種程度上抗衡了現代派。藍星的組織較為鬆散，沒有絕對的理論與信條，標榜純粹的自由詩創作，創作主張較為溫和、包容。余光中曾言藍星詩社的缺點是「以文學運動而言不夠狂熱和號召力，不容易形成所謂潮流」，優點則是「解除了理論甚至教條的桎梏，社友的創作比較容易作個別而自由的發展，風格較富多般性」。

洛夫、張默於一九五四年於高雄左營創辦《創世紀》詩刊，成員具有鮮明的軍中色彩。創世紀早期提出「新民族詩型」以區分紀弦及現代派的六大信條，洛夫的〈建立新民族詩型之芻議〉提出後，創世紀便以「中國風，東方味，民族性，生活化」做為創作訴求。進入六〇年代，創世紀轉向「超現實主義」，又因張默、瘂弦主編《六十年代詩選》之故，創世紀席捲了一整個時代。其後，曾一度停刊，七〇年代復刊後重提新民族詩型。直到現今，創世紀詩社仍長青勇健，見證了戰後台灣新詩發展。

一九六四年「笠」詩社成立，主打「台灣精神的建立」，詩學上主張「現實、本土」，是台灣本土詩人首次大規模的結合，也代表對主流詩社如《創世紀》、《藍星》的抵抗。笠詩社的崛起，正值三大主流詩社停刊或重整之際，標誌了台灣新詩本土意識的覺醒。宣言以台灣「歷史的，地理的與現實的背景出發」，作品蘊含強烈的社會批判，注重反映現實，題材來自生活鄉土，語言樸實、口語。「笠」詩社重新找回了一條不算新的台灣新詩路線——回歸鄉土。

三、現代詩論戰：爭論過後的反省

較激烈的現代詩論戰共有兩次，第一次以五、六〇年圍繞紀弦領導的現代派「六大信條」與「橫的移植」批評為主，但大體而言仍是整體詩壇的內部爭議，如紀弦與覃子豪對新詩發展方向的論爭。第二波的導火線來自於詩壇外部，且幾乎整個詩壇均遭受攻擊，論戰因而一觸即發。

關傑明於一九七二年為文批評當時台灣新詩對西方的過度模仿，抨擊中國性的不足，以民族主義嚴厲批判葉維廉、葉珊、洛夫、商禽、白荻、鄭愁予等人，另一方面論及台灣新詩典範時，則推舉周夢蝶及余光中詩作的中國傳統。台大數學系客座教授唐文標以發表文章聲援，一九七三年七月至九月間，唐文標共有四篇文章見刊，整個詩壇均在其批評之列，主要抨擊台灣詩壇有「逃避現實」及「僵斃頹廢」兩點，更激進推翻了關傑明認可的台灣新詩典範。

對此，詩人紛紛反擊，但彼此也在反擊的角度及論點上產生矛盾與分歧。關、唐二人的論點，在當時雖遭到高度反彈，但論戰結束後仍引發詩壇創作風格的轉變，尤其是七〇年代新世代詩人亦對主流詩社所主導的詩風不滿，而紛紛做出反省。經過此次論戰，「自我主體」與「社會寫實」成為台灣新詩的顯學，寫實與反映時代成為主流，台灣詩人也開始反省並逐步走出現代主義的束縛。

四、世紀／世代交替的華麗多元：新時代的現在進行詩

八〇年代以後，台灣新詩發展呈多元紛陳的「多樣性」樣貌，詩人把詩帶向政治與社會實踐，帶向都市與跨界實驗，帶向各種語言的場域，既有非常後現代主義的詩人，較為傳統的寫實與抒情詩人也持續書寫。進入九〇年代，情慾在女性詩作與性別意識中發聲，身體的展示與窺探也蔚成詩歌，網路時空挑戰與改寫了詩的傳播與表現形式。新詩作品亦開始出現於考題與課本，傳誦於社會議題的現場，甚至成為一種遊戲及運動，在任何場域都可以看見詩的蹤影，我們迎來了處處皆詩的時代。

後現代書寫風潮曾以夏宇、鴻鴻主導的《現在詩》為大本營。約莫同一時期，台語詩歌也強勢復出，各式的語言實驗，客語詩人也並未缺席，原住民詩人以其族語字詞入詩，或通篇以族語寫作。因台灣人口組成結構的變化，外籍移工及配偶，也開始加入台灣新詩的譜系之中。若說原住民詩作湧現於九〇年代，為詩壇注入了活水，那麼可預見

的未來，更多樣性的語言與文化將會大大改變台灣新詩的組成與風貌。

新世代的詩人，呈現既獨立又集結的兩種形態。仍然保有「看似」傳統詩社形態的，首推創立於二〇〇八年的風球詩社，從大學校園巡迴詩展開始，集合各大學校園文學獎的得獎作品巡迴展出，成立雜誌社與出版部門，為社員同仁出版詩集。無論是網路上的串聯，或實體世界的各類活動與策展，都可以見到風球詩社的強大動能與活力。新世代詩人也與中生代、前行代詩人保持良好的互動關係，轉往大學任教的中生代詩人，大多也以師長的角色提攜新世代詩人。

興起於千禧年前後的網路生態，讓詩作發表有了更多可能與空間，包括PTT詩板與個人部落格、文學論壇，其中也不乏累積名氣而出版實體詩集者，最成功者為鯨向海。在這個時間點「出道」的詩人，也正好遇上台灣文學史上的大文學獎時代，一年超過百個文學獎，導致兩大報或三大報文學獎等於文壇門票的光環漸褪，不斷拿獎而循文壇既有規則出頭者仍所在多有，《台灣七年級新詩金典》編者及作品入選者，幾乎都具備此一特色。

另外，獨立出版社與自費出版的詩人也自成風景，中生代詩人鴻鴻於二〇〇八年創辦《衛生紙詩刊＋》，經過數年，也形塑了一批氣質獨特的素人詩人。碎片化的資訊時代，輕薄短小不要長文的閱讀習慣讓短詩與簡訊詩大受歡迎，詩與影像的結合也在出版市場屢有斬獲。台灣新詩曾經走過晦澀與爭論不休的年代，如今，卻是所有文類中最生猛勇敢，最百變的文類，可能也是最多人參與書寫的文類。

國家圖書館出版品預行編目資料

生活的證據：國民新詩讀本/孫梓評, 吳岱穎編著. -- 二版. -- 臺北市：麥田出版, 城邦文化事業股份有限公司出版：英屬蓋曼群島商家庭傳媒股份有限公司城邦分公司發行, 2023.10
面； 公分. -- (中文好行；6)

ISBN 978-626-310-534-8(平裝)

863.51 112012978

中文好行 6

生活的證據
國民新詩讀本（新版）

編　　著　孫梓評　吳岱穎
書系主編　凌性傑
責任編輯　賴雯琪　林秀梅
校　　對　吳淑芳

版　　權　吳玲緯　楊　靜
行　　銷　闕志勳　吳宇軒　余一霞
業　　務　李再星　李振東　陳美燕
副總編輯　林秀梅
編輯總監　劉麗真
發 行 人　凃玉雲
出　　版　麥田出版
城邦文化事業股份有限公司
104台北市民生東路二段141號5樓
電話：(886)2-2500-7696　傳真：(886)2-2500-1967
發　　行　英屬蓋曼群島商家庭傳媒股份有限公司城邦分公司
104台北市民生東路二段141號11樓
書虫客服服務專線：(886)2-2500-7718、2500-7719
24小時傳真服務：(886)2-2500-1990、2500-1991
服務時間：週一至週五09:30-12:00．13:30-17:00
郵撥帳號：19863813　戶名：書虫股份有限公司
讀者服務信箱E-mail：service@readingclub.com.tw
麥田部落格：http://ryefield.pixnet.net/blog
麥田出版Facebook：https://www.facebook.com/RyeField.Cite/
香港發行所　城邦(香港)出版集團有限公司
香港灣仔駱克道193號東超商業中心1/F
電話：852-2508 6231　傳真：852-2578 9337
馬新發行所　城邦（馬新）出版集團 Cite (M) Sdn Bhd
41, Jalan Radin Anum, Bandar Baru Sri Petaling,
57000 Kuala Lumpur, Malaysia.
電話：(603) 9056 3833　傳真：(603) 9057 6622
E-mail：services@cite.my

封面設計　朱疋
電腦排版　宸遠彩藝工作室
印　　刷　沐春行銷創意有限公司

初版一刷　2014年5月
二版一刷　2023年10月
定價／380元

ISBN：978-626-310-534-8

Printed in Taiwan